国家出版基金项目
NATIONAL PUBLICATION FOUNDATION

清风永开

一生忠于党，赤诚为人民

贺享雍 著

天地出版社
TIANDI PRESS

"全国优秀共产党员"颁授词

　　周永开同志一辈子听党话、跟党走，始终如一坚守共产党人的初心使命，用实际行动践行"党是一生的追随"的座右铭。他对党的事业无限忠诚，解放前冒着生命危险从事川北地区党的地下工作，新中国成立后，无论是在岗还是离休以后，几十年如一日苦干实干，为推动地方发展、脱贫攻坚、改善民生和生态建设默默奉献，是百姓心中的"周老革命"。他履职尽责、敢于担当，推动当地林业工作成为全国先进；勇于同腐败行为作斗争，顶着压力查办案件。他坚守"人可以离休但共产党员永不会离休"的承诺，带领党员群众护林造林，在当地建成国家级自然保护区。他把群众当亲人，十余年捐资助学、扶贫济困，帮助和带动革命老区人民脱贫致富。他淡泊名利，弘扬优良家风，始终保持共产党人为民务实清廉的政治本色。

（2020年12月3日）

"七一勋章"颁授词

　　周永开，一生忠于党，赤诚为人民。解放前冒着生命危险从事地下工作，新中国成立后全心全意为百姓造福，离休后带领群众护林造林，被亲切地称为"周老革命"。

（2021年6月29日）

目 录

引 子

授勋时刻

世人认识大巴山，多缘于画家罗中立创作的反映大巴山农民的油画《父亲》。从那张黧黑的、饱经风霜的脸上，世人读出了大巴山农民的苦难与坚毅，善良与沉稳，留下了难以磨灭的印象。为了改变大巴山的贫穷与落后，让像"父亲"这样的大巴山父老乡亲过上幸福生活，一位名叫周永开的中国共产党党员坚定地奋斗了一辈子。

2021年6月29日，93岁高龄的老党员周永开，从大巴山坐高铁来到北京，身着中山装，脚蹬布鞋，走进庄严的人民大会堂，参加庆祝中国共产党成立100周年"七一勋章"颁授仪式。他将和来自全国各条战线的获勋者一道，领受习近平总书记亲手颁发的"七一勋章"。

这一日，无论是在周永开的家乡巍巍大巴山下的巴中市，还是在他离休前工作所在地清清州河畔的达州市，抑或是在祖国的其他地方，人们不约而同地聚集在电视机前，期待着颁授仪式隆重举行这一庄严时刻的到来。

周永开想到刚刚经过中南海新华门，看见毛泽东主席手书的"为人民服务"五个镏金大字时，他轻轻摸了摸佩戴在胸前熠熠生辉的中国共产党党员徽章，想起了76年前的入党誓言，也想起了远在千里之外的大巴山的父老乡亲和与他一起战斗过、工作过的战友们、同事们，以及与他同上花萼山的余世荣、楚恩寿，共同护林的项中根、李如银……

这一刻，在四川省巴中市化成镇梁大湾村周永开的老家，父老乡亲们正相聚在周永开侄子曾立禹家中，聚精会神地收看着中央电视台的直播。他们都知道，周永开17岁时就在化成小学后山加入了中国共产党。他们忘不了，周永开在巴中任县委书记的近20年间，常身着粗布装，脚穿麻窝子草鞋，被人们亲切地称为"草鞋书记"时的情景。在他的主持下，巴中全县修水库29座、挖堰塘13000多口，1958年巴中县被评为全国农业先进县。周永开还带领全县人民在莲花山林场植树造林5000多亩，荣获过周恩来总理亲手颁发的奖状。他们还忘不了，从1999年起，70多岁的周永开自己出资，请工匠在家乡的崖壁上，先后刻下了"中国共产党万岁""人民万岁"的巨幅标语。在家乡父老乡亲的心中，这不仅是"周老革命"一生追随共产党坚定信仰的表现，亦是他不

山崖上的刻字

忘人民的赤诚表白!

这一刻，在四川省万源市官渡镇境内海拔1700多米的花萼山项家坪村村委会里，30多位共产党员、村组干部和与周永开共同战斗过的老护林员，端坐在村里那台液晶电视机前面，怀着无比激动的心情，等着看他们的周老革命、周书记、周大哥、周老汉儿、周爷爷呢。

67岁的老护林员项能奎真想对周永开说几句："周书记、周大哥，你辛苦了! 想当年你在花萼山护林，白天晚上都住在山上，花萼山多亏了你! "老支书项尔方想说的是花萼山这两年的变化："周书记，我们花萼山的生态修复得相当好，产业结构也有大的改变。特别是种植中药材，家家户户收入都是三四万元，生活越来越好。这一切，都离不开你的付出! "驻村青年干部王肄靖则想对周永开说上一句："周爷爷，我为你骄傲，我们项家坪全村人民为你骄傲! "

这一刻，四川省达州市纪委监委全体干部端坐在会议室里，同样在期待着他们的老书记、老前辈"周老革命"的出现。年轻的纪检监察干部何倩云一边盯着电视，一边在摊开的本子上写下这样几句话："周老书记是我们身边的榜样，他的身上时刻散发着党性的光芒。作为新时代的纪检监察干部，我们要追寻周老书记的脚步，把党放在心中，始终忠诚于党的事业，时刻践行忠诚干净担当，为风清气正的良好政治生态提供坚强的纪律保障! "

这一刻，在四川省万源市城郊的蜡梅园里，74岁的楚恩寿一个人坐在他那间既是工作室又是起居室还是接待室的屋子里，收看中央电视台的直播。当年，正是响应周永开的动员，和他一起上花萼山，保护花萼山的自然生态，帮助老百姓拔穷根，不但改

周永开（前排左二）和花葶山村民在一起

变了花葶山的面貌，也改变了自己下半辈子的人生轨迹。他想对周永开说："周书记，你一辈子追随共产党，我楚恩寿用半辈子追随你，我无怨也无悔！"

……

在人民大会堂里，习近平总书记将代表党内最高荣誉的勋章庄重地挂在周永开胸前时，有多少关于周老革命、周书记、周老汉儿、周爷爷荡气回肠、感人至深的故事，在花葶山项家坪村村民和梁大湾村的乡亲以及达州市纪委监委的同志们心里回荡，又有多少感慨、感激、感动的溪流在他们心中汇聚和奔涌……

追随

1928年3月13日，正在田里给人犁田的四川省巴中县化成乡蟒蟆坝村（今巴中市化成镇梁大湾村）周家塝的农民周作乾，忽然看见大女儿周永莲朝他飞快地跑了来，一边气喘吁吁地跑，一边大叫："爹，爹，妈生了……"

　　周作乾来不及唤住牛就回头问："生了个啥？"

　　半大的周永莲说："妈说是个放牛娃！"

　　周作乾一听这话，爬上田坎，连脚上的泥巴也顾不得洗，撒腿便往家里跑。刚跑到院子里，就听见从屋子里传出"哇——哇——"的婴儿哭声。二女儿周永凡、三女儿周永兰听见脚步声，知道父亲回来了，便迎了出来，齐声对周作乾说："爹，妈说给我们家生了一个掌犁把的，你今后可以少编两个草背篼了。"

　　周作乾满脸喜色，嘴里一边"啊！啊！"地回应女儿，一边迫不及待地跨进屋子，对床上脸色苍白的女人道："娃儿妈，你又生了一个啥娃子哟？"

　　妻子黄氏含着眼泪看了丈夫一眼，声音有些虚弱却也难以掩饰内心的喜悦，回答了周作乾一句："这下你放心了，有人接你的犁把了！"

　　周作乾突然双膝向地下一跪，满脸涕泪横流，朝苍天叫了起来："老天你终于睁眼了，我周作乾有出头的这一天了！"说完又叫："爹呀，爹呀，你可听见，你儿媳妇生了一个带把儿的了……"

　　可是苍天无语。

周作乾的父亲自然也不会答应，因为这个叫周仕安的佃户上无片瓦，下无插针之地，长年累月带着儿子周作乾靠给一些有钱人家当长工维持生计，因为积劳成疾，几年前死了。由于父亲死在外地，按当地风俗和族规，不能安葬在周家塝老坟园内，周作乾只得找了一个石骨子荒坪，将父亲安葬在那里。

周作乾心有不甘呀！可谁叫自己是穷人呢？

他把希望寄托在儿子身上，以为有了儿子就能改变命运。

婴儿清脆嘹亮的啼哭，打破了山村静谧的空气。

左邻右舍的乡邻一齐拥了过来，问道："周大哥，生的'田边转'还是'锅边转'？"

老实巴交的周作乾脸上挂着几分腼腆的笑容："打牛屁股的。"

一听说是"打牛屁股的"，乡亲们连连打拱。懂一点天干地支历法的人，一边打拱一边说："今年是龙年，闰二月还没过，又占一个龙字，这娃生的日子好！好！"

日子好不好，周作乾不知道，不过这娃确实出生在一个风起云涌的时代。在他出生的一个月前，有个叫毛泽东的共产党人率领一支叫"工农革命军"的部队，在井冈山地区打破国民党军队的进攻，初步建立井冈山革命根据地。在他出生的一个月后，又有一个叫朱德的共产党人，带领部队与毛泽东领导的队伍在井冈山会师。周作乾当然想不到自己这个刚刚降临人间的宝贝儿子，后来会把自己的命运交给那个叫"共产党"的组织。

周作乾不知道这些不要紧，只要是个带把儿的"田边转"，能为他续上周家香火，改变命运，他就心满意足了。

他给儿子取了一个小名——"金娃子"。

可是金娃子的童年并不是金色的。虽然父母把他视为宝贝疙瘩，可因为他的到来，家里多了一张嘴，使本来贫困的日子雪上加霜。父亲打长工那点收入，要养活他们姐弟四人，实在太困难了。一天晚上，周作乾和黄氏商量来商量去，决定把小女儿周永兰送人。周永开回忆，三姐抱养给别人时，他都有一些印象了。他说三姐紧紧抱着母亲的大腿，哭得死去活来。母亲也一样，紧紧搂着女儿舍不得松手。稍大一些，金娃子还觉得自己不该来到人间，要不是自己，三姐怎么会那么小的年龄就和父母骨肉分离，天各一方呢？

屋漏偏逢连夜雨。周永开3岁多时，冬天的一个夜晚，距周家塝十里之外有个财主家死了人，周作乾去抬丧，顺便挣几个小钱。可就在那天晚上深夜，突然来了一伙土匪闯进周家，把家里准备过年的一点粮食和一口猪抢跑了。看见土匪，黄氏紧紧地把金娃子搂在怀里，和女儿们吓得魂飞魄散。幸好土匪只是抢东西，没有伤人。

到第二天掌灯时分，周作乾回家一看，先也像失了魂一样呆若木鸡，过了片刻，一家人才抱头痛哭……

黄氏受此打击，一病不起，没两年就撒手人寰……

那时金娃子还不满6岁。母亲去世后，家里的生活逐日恶化，大姐周永莲、二姐周永凡受生活之迫，相继早婚出嫁，只剩下金娃子与父亲相依为命了。

转眼金娃子该上学了。尽管身处一个军阀纷争、民不聊生的动乱年代，但为了让孩子今后不要像自己一样受穷，周作乾顶着巨大的生活压力，在金娃子9岁多时，把他送进了村里的私塾。正是在私塾里，老师把"金娃子"的小名换成了"周永开"这个大号。后来，周永开回忆起在村里读私塾的情形时说道："在私塾读的什么书呀？尽是孔孟之书，读了几年，换了四个先生，可是只教我们认字，没讲怎么做人，这个社会是什么状况，一律不讲。"

读了几年"子曰""书曰"的死书，金娃子转眼就到了15岁。在祖祖辈辈信奉"早栽秧子早打谷，早生儿子早享福"婚育观念的山民心中，15岁就已经到了谈婚论嫁的年龄。于是在这年——1943年的秋天，周永开奉媒妁之言、父母之命，与比他大一岁的同村姑娘吴应明成婚。

成亲拜堂之时，满室宾客突然发现新郎官不见了，急忙寻找，发现新郎官正和一群伙伴在外面争抢刚才没点燃的鞭炮，这才把他拉了回去。

吴应明也出生在一个贫寒的山民之家，她的两个哥哥都被国民党抓了壮丁。骨肉分离和家破人亡的痛苦，使她每天都生活在害怕丈夫被抓壮丁的恐惧之中。怎样才能保住丈夫不被抓壮丁呢？一个办法是向乡长、保长"塞包袱"（送钱），另一个办法是把周永开送到学堂读书，可以暂时躲避被抓壮丁的危险。吴应明选择了第二个办法，因为向乡长、保长"塞包袱"是个无底洞，像他们这样的贫寒之家哪能有那么多的钱去塞这个无底洞呢？同时，吴应明心里还有一个隐隐的希望——丈夫读了书出来，就可以当穿长衫的教书先生，当了先生的人到底要比一般下苦力的人保险一些。

于是乎，当了新郎的周永开，重新背上了书包。这次他进的不再是读死书的私塾，而是鼎新场的新式学堂——化成小学。

为了给周永开攒学费，吴应明在家里帮人做鞋、织布。她一夜纺四两棉线，三天织两截白布，据后来成为达县地区科协主席的地下党员李范久回忆："每次因工作到周永开家里去，老周的爱人替我们撵撵狗、拖拖板凳、递杯老荫茶，在不声不响地完成这些'任务'之后，就到隔壁堂屋里去纺她的线、织她的布了。""我甚至觉得，从隔壁堂屋里传来的吱吱呜呜之声，不再是纺车、织机的歌唱，而是松君（吴应明被周永开发展成地下党员之后的化名）在唱歌。"

幸得周永开娶了一个忍辱负重、任劳任怨的妻子，他得以重新上学。更重要的是他在学校结识了一批具有坚定信仰的共产党员教师，从此改变了他的人生道路。

在这里，得说说周永开就读的这所大巴山深处依山傍水的学堂。这是一所由中共地下党组织为开展川北地下革命斗争，于1941年在鼎新场文昌宫创办的新式学堂。创办之初，为了不引起国民党的注意，学校借蒋介石提倡的"新生活运动"为招牌，将办学宗旨定为"化民间陋习，成时代新风"，因此学校就命名为"化成小学"。实际上这是一个传播马列主义和共产主义思想，引导学生走上革命道路的革命摇篮，学校大多数教员都是地下党员和进步人士。

1943年8月，因叛徒出卖，中共地下党巴中中心县委遭到破坏，化装成化成小学教师的中心县委书记王伯森身份暴露，地下党组织急忙把他转移到乡下，另派了一个叫王朴庵的地下党员来化成小学接替王伯森的工作。

也就在这一年，刚刚入学的化成小学学生周永开与身为地下党巴中中心县委书记的王朴庵有了交集。

王朴庵，原名王志先、王信诚，1915年11月3日出生在四川省富顺县（今自贡市自流井区）杨家冲，1923年至1929年读私塾期间，他接触到了一位曾在苏联留过学的姓张的老师。从张老师那儿，他接受并初步坚定了共产主义理想。1938年，王朴庵加入中国共产党，历任地下党自贡特支、中心特支、中心县委宣传委员，贡井区委书记等职务。1939年1月，他又奉中共地下党川康特委指示，调四川省三台县成立地下党三台特支，任三台中心县委书记。

在2013年4月由四川大学出版社出版的一本名为《风雨九十春——王朴庵同志光辉的一生》的书中写道："在风雨如磐的岁月里，为了革命，他（王朴庵）隐姓埋名，不断变换身份，他做过老师，当过泥水匠，做过小商贩，在国民党团长那里当过勤务兵，在'舵把子'面前扮过卖布商。""当时革命斗争形势日益尖锐复杂，在白色恐怖时代，王老历经艰险，是一位出色的地下工作者，他发展的大批共产党员，现在都已离休。他们称赞王老是'革命引路人''政治上的启蒙老师'……"

周永开是幸运的，他一跨进化成小学，就得遇了这样一位"革命引路人"和"政治上的启蒙老师"。多年以后，周永开抑制不住激动，满怀深情地说："他对我的影响太大了！从某些方面讲甚至超过了我的父亲。父亲给了我自然生命，王朴庵给了我政治生命，使我成了一辈子都追随共产党的人！"

周永开一跨进化成小学，便引起了这位地下党负责人的注意。通过一段时间的观察，王朴庵被这个已经成家了的憨厚、质朴、老成的"小学生"吸引住了，再利用"家访"的名义到周家塝调查了周永开的家庭情况，便认为周永开是一颗适合培养和发展的革命种子。周永开在私塾读的是死书，一到新式学校接受新式教育，课业就有些吃力，这给了王朴庵接近这个学生最大的也是最好的理由。于是王朴庵利用给周永开辅导功课的机会，给他讲解马列主义和是与非、好与坏、正义与邪恶、光明与黑暗、各阶级的关系等道理和知识。

在王朴庵的引领下，周永开这个大巴山山民的儿子，明白了列强是怎样侵略中国的，反动政府是怎样屈膝妥协投降的，封建买办阶级是怎样勾结帝国主义共同压迫剥削中国人民的，穷人是怎么成为穷人的，以及人类社会必须不断变革，社会才能进步等道理。不但如此，王朴庵还将《共产党宣言》《钢铁是怎样炼成的》和毛主席的一些著作悄悄拿给周永开看。

王朴庵给周永开打开了一扇明亮的、通往新世界的大门。周永开想起祖父死后连一块安葬的土地都没有，想起父亲为别人当牛做马的一生，想起抱养给别人的三姐，想起那次土匪的抢劫和母亲的早逝，以及周围乡亲们的贫困，等等，一颗闪耀着无产阶级革命信念和共产主义理想光辉的火种在周永开心头熊熊燃烧了起来。

周永开找到了中国共产党。

1945年8月的一个傍晚，王朴庵突然来到周家塝周永开家里，对周永开说："周永开，我来抽查一下你的假期作业，把你的作业拿出来我看看！"

已是掌灯时分，继母翁仕秀（这时周作乾已续弦）一看周永开的老师来了，急忙去烧火做饭。周永开觉得十分奇怪，老师平时对自己的作业都是十分放心的，怎么今天突然来检查了呢？但他还是乖乖地把所有作业都拿了出来给老师看。王朴庵检查完周永开的作业，翁仕秀的晚饭也做好了。翁仕秀拿出了家里最好的东西——一碗洋芋干饭，一碗腊肉丝面汤——招待周永开的老师。周永开回忆说，那天晚上，他托老师的福改善了一下生活，不过他吃的不是洋芋干饭，而是用面汤泡的洋芋锅巴。

吃过晚饭，王朴庵对周永开说："小河沟那里的路我还有点不熟悉，你送送我。"

周永开一听这话，哪有不答应的？

一路上非常安静，除了偶尔能听到远处的一两声狗吠，就是他和老师的脚步声……

上了铧厂沟的山梁，借助月光，已经能望见学校朦朦胧胧的影子。

到了距学校200米左右的十字路口，一条是径直通向学校的道路，一条是绕过学校通向后山"望乡台"山坡的便道。

可是这时王朴庵却突然对周永开说："你跟在我后面，我带你到一个地方去。"说罢也不待周永开回答，便径直拐上了去"望乡台"的路。

周永开心里隐隐约约意识到今晚可能是一个不平凡的夜晚。他紧随着王老师，跟着王老师的脚步前行……

爬上了约莫50米高的山坡，绕过了一丛竹林，到了"望乡台"石腔旁的一个草丛里。

王朴庵突然停下脚步，回过身，伸出左手，用力拉住周永开的右手，右手拍了一下周永开的肩膀，双眼紧盯着周永开的眼睛："周永开同志，经过组织考察，你符合成为共产党员的条件，我介绍你加入中国共产党，成为一名共产党员，你愿意吗？"

一听恩师将自己称为"同志"，周永开的眼泪突然夺眶而出，此时，他觉得身上的热血奔涌了起来，心"咚咚"地跳得像是在擂鼓。他毫不犹豫地回答："老师，我愿意！"

王朴庵使劲地握了握周永开的手："好！我现在问你，你要如实回答。"

"您问吧，老师。"

"周永开，你怕不怕苦？"

"我不怕苦！"

"你怕不怕死？"

"我不怕死！"

"若被敌人抓住了，你叛不叛党？"

"我永远不叛党！"

"你出不出卖同志？"

"我死也不出卖同志！"

"我就是共产党，你出不出卖我？"

"我死也不出卖您，老师！"

周永开的热泪再次涌了出来。

王朴庵双手使劲地拍着周永开的双肩。

停顿片刻，王朴庵让周永开与他并排站着，举起右手庄严宣誓：

"我志愿加入中国共产党，作如下宣誓：一、终身为共产主义事业奋斗。二、党的利益高于一切。三、遵守党的纪律。四、不怕困难，永远为党工作。五、要做群众的模范。六、保守党的秘密。七、对党有信心。八、百折不挠，永不叛党！"

尽管在特殊环境下，领誓人和宣誓人都尽量压低了声音，可周永开却分明觉得自己的心中翻腾着山呼海啸般的巨浪，周身的血液随着一句句誓言都奔涌了起来。他知道从今晚开始，不论遇到什么挫折和困难，也不管是逆境还是顺境，他都将始终如一，追随共产党，为党的事业奉献自己的一生。

宣誓完毕后，王朴庵谆谆告诫周永开："你已经是中国共产党的一名党员了，今后，你就在党的直接领导下开展活动，要认真实践你的誓言，不要辜负党对你的期望！还有，共产党是中国无产阶级的政党，是为了让劳苦大众能过上好日子而起来革命的，除了人民群众的利益，我们党没有任何特殊利益。所以，从今以后你心里要始终装着人民群众，一辈子为人民服务……"

王朴庵还没说完，周永开就坚定而铿锵地回答："请老师放心，我家里祖祖辈辈都给人当丘二（长工），我这辈子一定紧紧

周永开（左）和他的革命引路人王朴庵（右）

追随共产党，做一个心里装着人民的好党员，对党忠诚，做好党交给的任务，请党检查督促我！"

周永开变了。

最先感到丈夫变化的是妻子。

吴应明在家里苦熬苦做，一心想让丈夫把书念出来做个"先生"，既躲避被抓壮丁，也为自家脸上增点光彩。可是她发现周永开读书的劲头一天不如一天了。过去周永开一回到家里，就捧着书本不放，虽不像古人那样"头悬梁锥刺股"，但用功到"三更灯火五更鸡"的情况也是常有的。可现在呢？常常是带着一群朋友回来，还把她支出去，几个人躲在屋子里叽叽咕咕。要不就是走东家串西家，像是夜游神一样，半夜都不落屋。这一切，让一心希望他成为"先生"的妻子怎么能不着急呢？

吴应明以为是自己不够温柔，没把丈夫的心拴住，于是每当周永开回到家里，她就立即从吊板上取来一本书。吴应明不识字，她也不知道自己取的书是周永开读过的旧书还是没来得及读的新书，然后双手捧过去交给周永开。她想以这样一种方式，提醒丈夫继续像过去一样努力读书，可是她哪里知道丈夫正在从事一项伟大的事业。此时，周永开已经担任了中共地下党巴中中心县委的组织委员，正在专心致志地从事一项伟大的计划——在巴中广袤的乡村开展抗丁斗争。此时他哪还看得进去书呀！

1948年，化成小学的中共地下党组织引起了国民党特务的注意，上级党组织得到情报，国民党军警即将到学校搜查和逮捕共产党员，立即指示从外面来的16名共产党员教师和学生中的共产党员转移到农村去，于是周永开回到了周家塝的家里。那时，周永开已是中共地下党达县地区通南巴平中心县委组织委员兼巴中县委书记。直到此时，吴应明才知道丈夫早加入了共产党。更让吴应明没想到的是，回到家里的周永开一方面从事地下工作，一方面循循善诱地对她讲述革命道理，最后把她也发展成了一名共产党员。

从此，吴应明既是周永开生活上的伴侣，又是周永开革命道路上一位忠贞不渝、立场坚定的战友。夫妻俩夫唱妇随，团结一心，并肩作战，在千山万壑的大巴山里秘密开展革命工作。不仅如此，随着吴应明入党，周家塝这所周家老屋也成为川北地下党组织的秘密联络站和中共巴中县委的秘密办公地点。周永开和他的战友们在这儿指挥着川北地下党与国民党反动派进行殊死搏斗，经历了无数惊涛骇浪，战胜了一个又一个艰难险阻，用对党无限忠诚的赤子之心谱写了一曲又一曲生死壮歌，直到新中国成立。

新中国成立后，周永开先后担任中共巴中县委委员、巴中县委副书记、巴中县委书记，中共达县地委宣传部长、达县地委副书记、达县地委纪委书记等职务。

1991年，周永开光荣离休。

和大多数人的简历一样，这也是一份普通的简历。可在这普通和简略的介绍后面，有着多少激动人心、感人肺腑的人生故事呢？又有多少人知道这位有着76年党龄的老共产党员，几十年来苦干实干，为推动地方经济发展、为改善民生和生态环境建设所做出的无私奉献呢？

"党是我一生的追随！"这是周永开发自肺腑的表达。

"一辈子心里装着人民群众！"这是周永开永不改变的铿锵誓言。

是的，周永开加入中国共产党已经76年了。76年的光阴不算长，可也不算短，它可以让人青丝变白发，也可以使沧海变桑田。但76年前在化成小学后山所发出的誓言，却融入了周永开的骨髓和血脉里。

人可以随着岁月而变老，但信仰永远不会变！

在腥风血雨的地下斗争年代，周永开牢记自己的入党誓言，对党忠诚，坚守信仰。他回忆起经历过的艰辛，正如一个战友在回忆录中所写的："漆黑夜里，风雨之中，山坡宣誓，岩洞开会，坐过多少冷石板，看过多少天星，闻听过多少狼嚎猴叫猫头鹰声，遭过多少风吹雨打，遇到过多少危险情。有时鸡叫回家，未曾入眠又起身。佛说人生有'八苦'，中共地下党员就是'苦行僧'，甘愿吃尽人间苦，争得雨露润苍生。"

在新中国成立后的领导岗位上，周永开仍牢记使命，不忘初心，笃定笃行，至纯至粹。无论前进道路上有什么惊涛骇浪，他都坦然面对，对党的信念不变，向党和人民交出了一份满意的答卷。

"共产党员只能退职，不能退休。"这是周永开离休后说的一句话，也是他的肺腑之言。

那么，这位"只能退职，不能退休"的老共产党员，交出了一份什么样的答卷呢？

第一章

花萼山上

深山来客

1993年冬日的一天，住在万源市花萼山上海拔1700多米的项家坪村龙王塘的小学教师蒋大华一家人，早早吃过晚饭正准备睡觉，忽然听得外面有人叫门。蒋大华一惊：天寒地冻的，连雀鸟都躲在窝里不出来，是谁这么晚了还来叫门？

当家人蒋大华急忙披衣下床，一边喊着"来了——来了——"，一边趿拉着鞋就跑过去开门。等他拉开门一看，这个精瘦干练的汉子不由得愣住了：

门外站着四个衣着整洁的大男人，一个约莫30岁，一个约莫50岁，另两个头发像被霜染过似的呈现出了灰白的颜色，年龄肯定过60岁了。每人手里挂着一根下头已经开裂的木棍，神色疲惫，喘着粗气。

这四个人蒋大华一个也不认识，不过从他们的衣着和神色来看，肯定不是花萼山上的村民。

正在蒋大华迟疑间，那个约莫30岁的年轻人一步跨到他面前，叫道："蒋老师，你不认识我了？我是联系你们项家坪村的官渡乡干部小张呀……"

借着从屋里泄出的有些昏黄的煤油灯灯光，蒋大华终于像是唤醒了记忆深处的一个影像：不知什么时候在什么地方和他打过照面。不过，这也怪不得他，谁叫这里山高路陡，乡上干部一年也来不了几次呀！于是蒋大华急忙拉住他的手说："哦，原来是张同志呀！都怪我眼拙，怠慢了怠慢了！"一边说，一边往另几个陌生人身上睃。

张同志看出了蒋大华心中的疑惑，马上便指着几个人对蒋大华介绍起来。

通过张同志的介绍，蒋大华这才知道那位身板硬朗、面色红润的六十开外的老者，是离休两年的原达县地委副书记、纪委书记，名叫周永开。另一位和周永开年龄差不多的老人，是万源市人大常委会原主任，名叫何荣书。还有一位是万源市现任纪委书记余世荣。

张同志介绍完毕，紧接着说："我们明天准备到山上看一看，今晚想在你家里借宿一晚上，不晓得方不方便？"

蒋大华一听这话，山里人质朴善良、热情好客的性格立即显现出来，急忙说："哎呀，领导，你们可是稀客呢！这山上别说县上的领导不容易来，乡上的领导也都少来踩脚印呢。领导只要不嫌我们山野人家寒碜，别说住一晚，就是十天半月也没问题。快进来快进来！"蒋大华一边说，一边去拉周永开的手，生怕几个贵客会突然改变主意似的。

几个人进了屋，蒋大华先去捅开了火塘，又往火塘里扔了几块木柴，火苗"呼呼"地往上蹿了起来。蒋大华把客人拉到火塘边坐下，又要忙着去吆喝妻子起来做饭。

周永开一把拉住了他："老乡，做饭就免了，我们背的有干粮。"说着，拍了拍身边的背包。

蒋大华立即叫了起来："周书记，你是看不起我了？这么冷的天，我家里再穷，也不得要你们啃干粮嘛！"

周永开见蒋大华的脸都有些红了，便"呵呵"地笑了起来，拉着他的手拍了拍，才道："不要叫我周书记，我已经退下来了，你叫我周永开就是。要不，叫周大哥也行……"

蒋大华还没听完，就急赤白脸地叫道："那要不得，要不得，甘蔗还要分个大头小头呢！"一边说，一边挣脱周永开的手，去把妻子叫了起来。

在妻子做饭的当儿，蒋大华扯过一根凳子在客人身边坐下。他心里始终藏着一个疑问：这么冷的天，这几个人年纪也不小了，又都是领导，他们翻山越岭到山上来干什么？想必是有非常重要的事，但是什么事，他想来想去都没有找到答案。山里汉子心里有事藏不住，想问却又觉得有些莽撞。犹豫了半天，蒋大华才迂回地问道："领导，你们是什么时候出发的，怎么这时候才来到山上？"

话刚落音，何荣书道："周书记昨天下午到的万源，今天一大早就从万源出发，到这时才到你这儿……"

话还没完，余世荣接过说："我们还算走得快的。这路太难走了，好多地方都是手脚并用才爬上来的！"

蒋大华听后，说："可不是，那路的名字就叫'手爬岩'嘛！"说完停了一会儿才说："那路上还摔死过人呢……"

周永开吃了一惊："摔死过人？咋回事？"

"是呀！摔死的还不止一两个，年纪轻轻的就从山上滚到山下！"蒋大华语气沉重，脸色也阴了下来。大约是不愿再向这些难得到山上来的客人提起这些伤心的事，他又一边往火塘里扔柴，一边转移了话题："我们这儿的人下次山，早上天刚亮就出发，晚上才回得到家！我这儿海拔1700多米，距山顶还有500多米。别看只有短短的500多米，看见屋，走得哭，明天够你们爬呢！"说到这儿，蒋大华实在忍不住了，终于问道："领导，你们上山来是做什么？"

一听这话，何荣书看了看余世荣，余世荣的目光最后落到了周永开身上。过了一会儿，周永开才看着蒋大华轻轻地说了一句："没什么，就是上来看看……"

"看看？"蒋大华一下愣住了。这样不辞辛劳、手脚并用地爬到山上来，只是为了看看？再说，这山上有什么看的？

蒋大华见周永开含糊其词，不愿明说，于是不再往下打听。

可蒋大华哪儿知道，周永开并没对他隐瞒什么，这次他带着何荣书、余世荣两个老朋友来，确确实实只是来山上走一走，看一看。看什么？看险峰异水，看佳木野草，看天上飞鸟，看林间走兽……总之，看大自然对人类的慷慨馈赠，看造物主的鬼斧神工。

人们一般以为像周永开这样的领导干部，心中只有工作，对大自然的美丽缺乏欣赏的热情和能力吧？不，在周永开身上，颇有钟情山水的性格。他热爱山，热爱水，热爱大自然的一切。在工作岗位上时，诸事繁忙，他纵然心心念念记挂着大巴山的一山一水，却无暇投身其中，去领略大自然中的美景。现在，他是无官一身轻了。一卸任，他便投身于通江、南江、巴中等地的崇山峻岭中，一边观赏大巴山奇异的自然风光，一边做调查研究，给地委、行署领导写出了4万余字的调研报告，供领导决策参考。

周永开早就听说了万源花萼山的雄伟、壮丽。《万源市志》是如此记载这座神奇的山峰的：

花萼山，亦名花岳山。在距县城东北35公里的官渡乡境内，山体崔嵬高耸，陡峭嶙峋。主峰南天门，海拔2380.4米，形若一枝含苞欲放的芙蓉，周围五峰似花之萼片，相互陪衬，绚丽壮观。花萼山素称川东北群峰之首，山中有奇花异草、珍禽异兽，所以又名药山，尤其以"花似灯笼叶似韭"的萼山尖贝母而闻名。

这样的交代难免有些笼统，下面的介绍则形象而有诗意得多：

雄伟、壮丽的花萼山（局部）

主峰南天门为县东北一带祖山，也是汉江和巴河的分水岭，格外壮观绚丽，如前人诗云："此是铜城第一峰，崔巍高矗碧芙蓉。"南天门上两道石壁屹立对峙，中缝仅容一人通过，遇上雾霭缥缈的日子，前方顶上的祖师庙在云海中忽隐忽现，脚下烟波万顷，穹庐微开，会令人忘却步步踯躅的劳累。登上南天门极目远眺，森林莽莽苍苍，一片林海，接天拂云。自高而下，因着温度的变化，低树丛林、针叶林、落叶林、阔叶林各有其位，所谓高山仰止者，实为高林仰止也。云山相接，环顾群山，峰峦如棋，山涧溪流，如线似带……故民谣有曰："不登花萼山，枉活人世间。"

更重要的，花萼山还是一块红色的土地。这里爆发过中国革命史上著名的万源保卫战。在万源保卫战前，花萼山笋子梁一线由红四军12师34团2营一个连队驻防。1934年2月，与敌军战斗坚守到最后而弹尽粮绝的12名红军战士，纵身跳下如笋子一样耸立的万丈悬崖，用生命和热血谱写了一首壮歌。

对于这样一块神奇、雄伟、美丽的土地，周永开怎么能不为之心动呢？

因此，当他结束对家乡巴中的调研后，便约上了好友何荣书、余世荣朝这块心仪的土地来了。

周永开正想把内心"游山玩水"的想法给蒋大华说一说，可这时蒋大华的妻子叫大家吃饭了。

吃过晚饭，蒋大华把孩子叫到另一间屋子打地铺睡，腾出两张床，换了被褥，招待四个客人睡下。

这天晚上，给蒋大华留下的另一个印象，就是周永开睡觉时呼噜打得特别响亮。

第二天吃过早饭，四个人又背上行李，重新削了几根棍子，拄着上山了。

绿色情缘

周永开的老家——巴中县化成乡周家塝也是山区，比起花萼山，山要小得多。但毕竟是在大巴山里，小也是相对的。在周永开的记忆里，那个周家塝，无论是山前山后，还是田边地头，到处都是茂盛的森林和树木。令周永开记忆犹新的是，他家老房子后面的田埂上，就有十多棵直径两到三尺的老柏树。老柏树枝繁叶茂，浓荫蔽日，树干雄伟苍劲，直指苍穹。少年周永开曾向父亲问过老柏树有多大年龄，父亲摇着头说他也不知道，只知道他像周永开这么大的时候，老柏树就是现在这个样子，伸展着它翠绿的枝叶，默默地承受着风吹雨打，为大地投下一片浓荫。

在周永开徐徐展开的记忆画卷中，紧接着屋后老柏树的，是院子中间的另一棵大树。周永开回忆了半天，才记起那是一棵香樟树。那棵香樟树有多大？三四个大男人手拉手也环抱不住。那树有几层楼那么高，犹如撑开的一把巨伞，从树干七八米高的地方，向四周伸出去十多根比水桶还粗壮的枝干，干再生干，枝再长枝，根根枝干挺拔伟岸，犹如十多条巨龙在空中飞舞，意欲直冲云霄，浓荫将整个院子罩了个严严实实。

周永开记忆中的第三幅画面，是院子外边的一棵十多米高的蒙子树。蒙子树为大风子科柞木属，生棘刺，多生长于向阳的原野、坡地，喜温暖湿润的气候环境，既耐寒，也耐旱。木材淡黄，纹理斜，结构细，做成家具不上色、不喷漆，打磨上蜡后，其清雅的风格与黄花梨家具非常相像。当然，这些在周永开的印象中不是最重要的，最鲜明的记忆是这棵蒙子树下有一座大碾盘。为什么把大碾盘安在蒙子树下？因为那蒙子树如一把巨伞，哪怕是烈日当空，树下也是一片阴凉。即使是下雨，有了蒙子树郁郁葱葱的枝叶遮挡，下面仍可以照常碾东西。周永开和小伙伴们最高兴的就是有人来碾东西时到下面去赶牛，有时还可以坐到碾杆上，让牛拉着转上几圈。那棵蒙子树及树下的碾盘，是给周永开贫穷的童年生活带来快乐的地方……

老人绘声绘色的讲述中，还有一段惊心动魄的故事——

林子大了，茂了，不但什么鸟儿都有，连虎、豹、野猪等野兽也在密林深处安了家。这些四条腿的邻居隔三岔五会走出密林，来"造访"山下的农家院落。周永开老伴吴应明5岁那年，一个人在家里睡觉，一只"大花猫"（老虎）从山上下来，不慌不忙地来到吴应明家的院门前。"大花猫"嗅觉灵敏，它张大鼻子在院门口站了一会儿，显然闻到了屋子里人的气味。不知是由于兴奋还是什么，它打了一个喷嚏。正是"大花猫"这个喷嚏，惊醒了正在屋角打瞌睡的大黄狗。这真是一条义犬呀！它睁眼一看，见"大花猫"正要进屋，便弓着背猛地跳到"大花猫"屁股后面狂吠起来。"大花猫"猝不及防，像是有些生气了，急忙回转身子朝大黄狗扑去。大黄狗朝旁边一跳，躲过了"大花猫"这一扑，接着便向外面跑去。"大花猫"恼羞成怒，朝大黄狗追了过去。

"全靠她家里这条义犬把'大花猫'引开，不然老吴她早就没在人间了！"周永开这样说。可说完以后，老人突然叹了一声，目光中流露出十分惋惜的神色，又沉重地说了一句："可惜了，那些大树在1960年被砍光了……"

在周永开的记忆中，那几棵树，特别是那棵香樟树，在村里人眼里，可是一棵挡煞气的神树呢。老辈人有规定，那棵树不准砍。即使是枝丫干枯了，只要没有自然掉下来，就不准去砍，更不用说砍活的枝丫了。老辈人说，枝繁叶茂，才表示全院子多子多福，谁砍了枝丫，谁就要断子绝孙！

这种对树的情感，是一种朴素的自然观，也是植物崇拜的一个表现。在万物有灵观念的支配下，树木、花草被赋予了某种灵性与神力。这种观念把自然看作万物之母，对自然要尊敬和崇拜，与自然相处时要遵循自然规律，共生共荣，禁止恣意妄为，一旦违背就会受到惩罚。这种观念对今天的生态环境建设，是很有帮助的。

说到动情处，周永开沉浸在对那几棵树的美好回忆中："村里过年过节或有什么红白喜事，在树下把桌子一放，就摆开'坝坝席'来，又敞亮空气又好！平时老年人没事了，三五个人扯两根板凳树下一坐，面前泡杯老荫茶，就东家长西家短地摆起龙门阵来，把日子就轻轻松松打发过了。可以说，树与村子、与村子里的人，完全是融合在一起的。还不说它能清新空气，叶落了它能够肥地，枝枯了它可以当柴火做饭……我每见到一棵大树古树，心里就喜欢，站在树下有种不想走的感觉。如果看见有人砍古树，我就想和砍树的人拼命……"

这就是老人一辈子热爱森林、钟情山水的原因。"少无适俗韵"，老人17岁加入中国共产党，立下了为共产主义事业奋斗终身的誓言，但"性本爱丘山"的情怀，却是和陶渊明这位田园诗人高度一致的。由于工作的原因，老人只在家乡化成小学上过两年学，文化程度不高。虽然他不能像专家一样，准确说出生物系统和生态保护中那些专业术语，但他知道森林对于人类生存的重要性。作为一个山民的儿子，他从小在家乡大自然中的耳濡目染及其从大自然中获得的审美愉悦，形成了他心中神圣的森林情怀。

这也才有了他后来的一系列故事——

20世纪50年代，周永开开达县地区之先，在巴中县莲花山办起全地区第一个国有林场，在那里植树5000多亩。后来莲花山林场成为全国林业方面的先进典型，时任巴中县委书记的周永开和林场一位姓彭的场长应邀出席了在北京召开的表彰大会，周永开至今还保留着大会发的一本纪念册。

离休以后，他被推选为达县地区花卉协会顾问、达州市蜡梅研究协会会长。周永开说："离休后，没什么大事了，大伙儿信任我，我就来做点花花草草的事吧……"

不仅如此，他还一头扎进大巴山深处做调研。

1992年，他又来到莲花山林场。这个他曾经洒下过汗水并使之获得过荣誉的林场，此时木荣山峻，景色旖旎，当地政府正在热火朝天地打造一个旅游风景区。他跟随游客顺着山路蜿蜒而上，沿途山花烂漫，泉水淙淙，青松翠柏似巨大的绿色屏障，披阳叠翠，漫山遍野怒放的杜鹃花，透着盎然春意，林中

周永开（右）在花萼山林间

鸟飞兽走，蝶舞虫鸣，地上芳草鲜美，落英缤纷，好一个人间仙境。周永开在郁郁葱葱的林中穿行，仿佛漫步在迷人的画廊之中，真有超凡脱俗之感。他为当地政府开发莲花山旅游感到高兴，更为30多年前自己率先开办起这个全地区第一个国有林场感到骄傲和自豪。

在巴中县另一个林场——寺岭乡南阳林场，周永开更欣喜地看到了这个距县城37公里、远离城市和工业区且没有噪音、没有污染的林场，已建成森林公园，打造了观日台、猴王闹天门、修行十二峰、老土地、米仓古道、沐翠廊、万步梯、藏柏林、修行寺等众多景点。公园里游人如织，十分热闹。

活生生的事实使周永开明白了植树造林、保护森林以及保护整个大自然、建设青山绿水的生态文明，对于富裕一方百姓、推动一个地方的经济发展，都有着十分重要的作用。回到达县后，他抑制不住内心的高兴给地委、行署领导写了一封长达万言的信。他在信里写道：

　　白庙乡到清江镇20多公里的公路绿化得有特色，两旁栽的全是柏林，长得真爱人，既美化了公路，又产生了良好的经济效益。公路栽树大有前途……

他特别提到南阳林场利用森林资源办旅游的事：

　　巴中南阳林场是该县海拔最高的地方（1400米），由于那里有一片森林很好，近几年去那里旅游的人成千上万。他们去看到茂密的森林，呼吸到新鲜的空气，又有鸟语花香，顿觉心情舒畅，于是唱歌跳舞、吟诗作对、论古谈今、绘画写意来抒发对祖国、对社会主义建设、对现在的幸福的爱。

他苦口婆心地算了一笔账：

　　巴中总面积384万多亩，耕地只有86万亩，人均0.8亩，宜林面积就有140万亩，人均1.4亩，如果认真地把这一亩四分面积像抓粮食生产那样重视和实践，这140万亩恢复到历史50年代积蓄450万立方米的用材林木的水平，按现在国家最低一立方米500元计，产值可达22.5亿元，人均产值可达2000多元，超过巴中现有人均产值500多元的三倍。

他还建议：

> 林业要有一个全面的长远规划，并要突出各地的特点，不要千篇一律地栽某一种树，适宜栽什么就栽什么。二是坚持把县、乡、村已办的国营和集体林场200多处20多万亩林地办好，成为林业基地。三是林业在种子上要下大气力，改变旧的观念，走种子新路，选择当地的良种并有计划地培育……一个县搞个小型的适合本地种植的种子园、植物园，对林业发展都是很需要的……

从摘录的只言片语里，我们不难看出周永开对森林资源的保护意识，对林业的热爱，对自然山水的钟情，对蓝天白云、青山绿水、气清地净生存环境的向往，对民生的关注，以及他以建设生态文明为重的发展理念。我们似乎能听到他那颗博大的赤子之心跳动的声音，似乎能触到他的脉搏。

那么，这次他不辞辛苦，带着两位老友来到这座"凭栏俯视人间小，脚底烟云几万重"的花萼山，他能看见些什么呢？

森林之伤

这是一个难得的晴天。不知是因为美美地睡了一觉，还是因为才来到这传说中美丽的仙山感到新鲜，周永开的心情特别好。他走出门极目一望，不由得又惊又喜地"啊"了一声：好一个人间仙境呀！仰望头顶，云山相接，雾霭缥缈；俯察脚下，云海翻腾，烟波万顷。远观峰峦如棋，绵亘起伏；近听山溪淙淙，尽情欢歌。山风飒飒，时而浅吟，时而清唱。不一时，云开雾散，阳光马上铺满整座大山。这才是真正的阳光呀！周永开觉得在城里，很少见到这样纯净的阳光。这阳光像是用水洗过的一样，如此纯洁、清新，又如此柔和，真正的一尘不染呀！周永开想起小时候，他们一伙孩子站在院子外面那棵蒙子树下看日出的情形，那颗像火球般红红的太阳从东方慢慢升起，迸发出的第一缕霞光就照在他们这些小孩柔嫩的小脸蛋上，那种感觉就像母亲的手轻轻落在他们的肌肤上……

美呀，实在是太美了，怪不得人们说"不登花萼山，枉活人世间"，这一趟来得太值了！

可是周永开高兴得太早了，没走多远，就像一首旋律优美的乐曲突然响起了杂音一样，一幅不和谐的画面呈现在了周永开眼前。

首先映入眼帘的，是陡峭的山路两旁，一棵棵树木被砍伐后留下的一个个树桩。这些树桩有些颜色已经发黑，显然是很久以前留下的，还有一些显然是才砍不久，颜色还是新鲜的。而横七竖八堆在地上废弃的枝丫，有的已经腐烂，有的才在干枯。周永开目测了一下那些树桩，最大的直径有近一米，最小的比水桶还粗。爱了一辈子树的周永开马上便判断出，被砍伐的这些树，至少长了好几十年，怎么就这么被砍掉了呢？他刚才还阳光明媚的心立即被一片雾霾笼罩了。

继续往上，周永开看见的情形更糟糕，有点触目惊心。

在一块台地上，周永开看见几间墙倒屋倾、周围杂草丛生的房子，旁边一大片林地，有七八十亩，树木像是被剃刀剃过一样，全砍光了。周永开看了看遍地的树桩，直径都在二十到三十厘米，显然还是刚成林的幼树。

周永开心里顿时涌起一股难以抑制的悲愤，他想找人问问：为什么山上的人砍了大树、古树不说，连才成林的幼树也不放过？于是他放声大喊起来："有人吗？附近有人吗？"

回答他的，只有山谷空洞的回响和"呼呼"的风声。

他还要喊，张同志对他说："周书记别喊了，这几户人肯定是因为山上生存条件恶劣，搬到山下去了。"

周永开伤心地叹息道："人搬走了，为什么连树木也要砍光？"

张同志答不出来了。

余世荣见状，忙说："我们继续往上面走，说不定上面会碰见人。"

一行人又往上走。沿途所见，仍和走过的地方差不多，一些地方树木被砍光，要么裸露出嶙峋的怪石，要么长满一丛丛低矮的灌木。一些地方树木被砍得七零八落，剩下的幼树稀疏得像是癞痢头的毛发。周永开越看越难过，禁不住说道："整个花萼山有11个乡镇30多个村，要是所有的地方都像我们现在看见的地方一样，会有多少森林被毁呀？"停了一会儿，他又十分担忧地补了一句，"整个万源呢，又会是一个什么样的情况？"

说到这儿，一直没说话的何荣书开口了。这位万源市人大常委会原主任，还做过万源中学的校长。新中国成立前，在巴中地下党组织里，他就是周永开的下级；20世纪80年代，周永开任达县地委副书记，分管教育、文化、卫生，又是他的直接领导。此时他听了周永开的话，便道："老领导，知道你上山看树，我专门查了一下相关资料，算是做了一点功课……"

周永开忙问："都查到了些什么？"

何荣书像背书一样说了起来："说到万源的林业情况，1958年以前，森林覆盖率为40.96%。1958年'大炼钢铁'，过量砍伐树木，森林覆盖率下降到21.9%。'文化大革命'期间，乱砍滥伐，毁林开荒，林木受到严重的破坏，到1975年，森林覆盖率为16.7%。1978年党的十一届三中全会后才逐步恢复，1984年底统计，恢复到20%。1985年，有用材林63万亩、防护林15万亩、经济林木31.5万亩、竹林6万亩、特用林5400亩。木材蓄积量为237.15万立方米，人均6.7立方米，离全省人均9立方米、全国人均14立方米的水平还差得远呢！"

紧接着，何荣书又说道："50年代，万源境内，古木参天，大道小径，浓荫蔽日，古树到处可见。50年代后期，大炼钢铁，很多古木被毁了……"

话还没完，余世荣接了过去："名木古树还有，但不多了，都由林业部门挂牌保护了起来。现在万源各地，以幼林居多。我听一些老万源人说，过去山上林深树密，野生动物很多，一些虎、豹、熊等，大白天都会大摇大摆地跑到村里来……"

周永开听到这里，想起老伴5岁时差点被老虎吃掉的事，今昔对比，不由得深深地叹了一口气。

又走了一阵，他们终于在山上遇到了一位汉子。这汉子大约50岁，肤黑皮糙，身体矮壮结实，一看就是山里人。周永开犹如见到了亲人，立即喊住了他："老乡，耽搁你一下，我想问你，你们山上的树，为什么被砍了这么多？"

汉子警惕地看了他们一眼，然后才有些迟疑地反问了一句："你们是……？"

张同志张了张嘴，正准备介绍，却被周永开制止了。周永开接着说："老乡，我们是过路的，看见地上到处都是树桩，只是随便问问。"

汉子见周永开语气随和，消除了心里的顾虑，便开口道："活命呗！不砍树哪个（怎么）生活？"

周永开心里一惊，马上追问："离了砍树，就没法活啦？"

汉子瞟了他一眼，朝身边几块林立着怪石的地一指："凭这些地里产出的苞谷和洋芋，就能维持生活？"说完，又补了两句，"不瞒你们说，靠山吃山，我们全靠砍树、打猎、放牧、挖药材维持生活呢……"

周永开叫了起来："还打猎、放牧，你们难道不知道我们这儿是长江防护林保护带，严禁砍树、打猎、放牧这些吗？"

汉子奇怪地看了周永开一眼，直言不讳地说："不准砍树、打猎、放牧，那你给我们饭吃哇！"说完不等周永开再说什么，就"咚咚咚"地转身走了。

周永开一下愣住了。

20多年后，当周永开说起那天在山上看到的景象，还像不能释怀的样子，不但语气沉重，不时还发出一声长长的叹息："山上的森林不遭破坏才怪呢！后来我才了解到，那个项家坪村有个村民小组，全组40多户人，就有40多个木匠，除了几户老弱病残，有的一家一个，有的一家两三个。为什么木匠那么多？因为要把砍下的树做成家具，好在市场上卖呀！村支书、村主任、村民组长都是木匠，所以不但一般老百姓砍树，干部也在砍。你想，即使有再大的山林，也禁不住那么多锯子、斧头经年累月地锯呀，砍呀！很快，那个村除了才长起来不能作为用材的幼树，大树都被砍光了。没树可砍了，接下来就大量砍竹子……"

老人接着说："那山上还有一大片竹子，有4万多亩，真可以说得上是一片竹海呀……"

4万多亩的竹子，让人眼前立即浮现出一片浩瀚无际的竹林，细叶青青，枝条楚楚，竿直节劲，萧瑟昂然。农村过去茅屋草房居多，且不说房前屋后那一丛丛苍翠安静的竹是盖房的主要材料，就是家里打墙用的墙笆子，睡觉用的床笆子，翻晒粮食用的耙子，装粮食用的箩筐，晒粮食用的斗框，簸粮食用的簸箕，挑土用的筻筻，背东西用的背篼，甚至刷锅用的刷把，吃饭用的筷子，还有摇篮、椅篮等，都是用竹编制成的。可以说，那里的山民一出生，就是在竹的荫蔽下长大的。

周永开对这片竹林的喜欢溢于言表，便又说："那片竹林所在的地方叫'花熊坪'，知道什么是'花熊'吗？就是大熊猫呀。老百姓都说，过去这里生活过大熊猫……"

现代社会中，随着大量塑料制品的出现和农民开始修建砖混结构的楼房，竹子的经济价值已大大降低，可当地老百姓为什么要大量砍竹子呢？

"砍起卖给纸厂呀！"周永开解开了这其中的疑惑，"你还不晓得，那山上开了好多家造纸厂。那个时候大力发展乡镇企业，家家点火、村村冒烟呀！山下一些人目光短浅，眼睛就盯上了那4万多亩竹林，于是就跑到山上来办纸厂。山上的村民就莽起砍竹子往纸厂卖呀……"

说到这里，老人显出了生气的样子，可接着语气又变得缓慢和沉重起来："砍竹子倒也罢了，因为那竹子不比树，砍了就不能再生，竹子有笋子，砍了还能再发。要命的是，一到春天，山上的女人又都跑到竹林里去挖笋子。挖一点就算了，可山上的村民哪里知道要保护性挖笋啊！只可惜那几万亩竹林，真是要它们断子绝孙呀……"

说到这里，老人的眼皮垂下来了。

说者黯然神伤，听者也感到心里难受。

沉默了片刻，老人叹了口气，又说了起来：

"还有放牧。那山上放牧都是敞放，也就是俗话说的'散养'。怎么个'散养'法？就是春天把牛赶上山，整个夏天和秋天都不管它。牛也通灵性的，到了冬天，知道山上没吃的了，自己也就回来了。让人既惊又喜的是，出去时只有两头、三头牛，回来时却往往有四头、五头牛。怎么会多出几头？原来老牛在山上产了小牛。一个夏秋，不但把老牛养得膘肥体壮，还白捡了几头活蹦乱跳的小牛，主人哪有不高兴的？于是家家养牛，一到春天，一两百头散养的牛上山。主人只管自己挣钱，全不管那牛在山上怎样糟蹋树木。

"还有打猎，家家都有猎枪，人人都会打猎，这在当地形成了'打猎文化'。这'打猎文化'不是现在才有，过去就形成了的，《万源县志》上都记得有，你可以找来看看。"

说到这里，老人像是累了，或许是不想再触动内心深处的伤痛，闭上了眼睛。

大山在淌血，在呻吟，可同时也在唤醒人们热爱自然、爱护环境和保护生态的道德良知和行为。

这天，周永开一行在花萼山上转了一天，饿了，就在山上找一块石头坐下，从背包里掏出饼干、面包，拧开矿泉水瓶盖，一口干粮一口水地吃了起来。水足饭饱后，又接着转，不知不觉，一行人来到了花萼山主峰南天门的祖师庙前。相传三国时候的徐庶曾在花萼山隐居，当时瘟疫流行，他带领徒弟凿开通向南天门的石梯，俗称"开天门"，让山下百姓攀过石梯来到九龙池一带挖草药治病，从而使穷苦百姓得救了。后来人们知恩图报，请来工匠给他盖了一座庙，尊他为"花萼老祖"，香火奉祀。

祖师庙毁于20世纪50年代初的一场火灾。那天周永开他们看见的，只有几根石柱、几个石墩和一片瓦砾。但周永开觉得，庙虽然没有了，可徐庶的精魂还在。在离开时，他从祖师庙的废墟中拣起几片碎瓦，放进背包中。他觉得这瓦不一般，有着徐庶的精魂，他要留作永久的纪念。

晚上，周永开等人还是住在蒋大华家里。从一见面，周永开就喜欢上了这位朴实善良、热情好客，只有十个学生的"孩子王"，而蒋大华呢，也喜欢上了这位曾经做过"大官"却没有架子、为人随和的客人，两人从此结下了深厚的情谊。这所低矮、老式的农家小屋，以后便也成了周永开的一处接待站。此是后话。

森林在召唤

回到达县后，周永开始终忘不了在花萼山看到的一切，那些被砍伐的大树留下的树桩、被人为破坏后的森林中裸露出的荒坪和嶙峋的怪石，伴随着他度过了几个不眠之夜。本来，他是听说了花萼山的胜景才产生了去"看一看"的想法，没想到这一去，他看到的并不是一幅完整的"人间仙境"的画面。花萼山确实很美，即使是那些断崖陡壁、奇石怪岩，在他眼里也是一幅幅美丽的图景。山那么高，森林分布那么广，动植物资源那么丰富，春夏时节，漫山的杜鹃花缤纷艳丽，再加上云雾翻腾，这难道不是奇观胜景吗？可是如果森林再这样被破坏下去，这地方还能成为人间仙境吗？

周永开想到这里，就产生了应该为花萼山做点什么的想法。

可是他能做什么呢？他只是一个离休老头，无职无权，孤家寡人一个。再说，花萼山离家这么远，山那么大，老百姓还生活在原始的刀耕火种中，他即使去了，又能干些什么？

他想放弃这个念头，可是做不到，只要一想起那天看见的情景，就像有一根风筝线牵着他的心。他想实现自己的想法，可面对现实，这决心又一时难以下定。

周永开就这样陷入了进退两难的纠结中。

这种纠结一直持续到1994年春天，花萼山上发生的一场意外事故，终于将他从这场旷日持久的心灵纠缠中解脱出来。

春天是一个美好的季节，更何况是仲春。天空清澈，阳光明丽，万物萌生，桃、杏、李、梨，花瓣早已飘落；杨树吐穗，柳树飞絮，莺飞燕啼，麦长三节。田里水稻已经育秧，春播在即，万物新生，到处是一派欣欣向荣的景象。

3月25日一起床，周永开像往常一样，打开收音机，准备收听中央人民广播电台的早间新闻节目。可还没等他调好台，收音机里传出的一条地方台消息，犹如一个晴天霹雳，突然间把他击中了。

3月24日，四川省万源市花萼山发生森林大火，烧毁森林2000多亩……

周永开以为听错了，再仔细听，没错，确确实实说的是花萼山发生森林大火！

他拿收音机的手微微颤抖起来，身体像僵了一般站着一动不动。过了一阵，收音机里的消息早播送完了，他才回过神，立即关了收音机，拨通了余世荣的电话。

余世荣告诉他，花萼山确实发生了森林大火，现在已经扑灭，可是怎么发生的，究竟受了多大损失，这些他也不清楚。

周永开又急切地问："山火发生的具体位置在什么地方？"

余世荣说："听说在九龙池……"

周永开还没听完，脑子里就"嗡"地响了起来，在心里叫了起来："天哪，九龙池？那一片不是花萼山保存得最好的原始森林吗！老天爷怎么这么不开眼，偏偏烧了那片原始森林？"

　　他没等余世荣继续说下去，便对着话筒叫道："老余，你给何荣书说一说，我要再上花萼山去看看……"

　　余世荣问："什么时候去？"

　　周永开迫不及待地说："就是这几天！"

　　余世荣知道周永开的脾气，劝他没用，便道："你来吧，正好我也想上山看看，还是我和何大哥陪你去吧。"

　　在万源两位老朋友的陪伴下，周永开又往花萼山去了。和上次一样，三人背着干粮和矿泉水，每人手里挂着一根棍子，早上从万源出发，晚上11点钟才到达蒋大华家里。蒋大华见是故友重来，自是非常高兴。第二天吃过早饭，蒋大华便带着几个老朋友朝被烧毁的那片森林走去。九龙池的范围很大，那片被烧毁的原始森林在百花园。百花园是一个地名，那儿不但树多，花的品种也很多，尤其是杜鹃花，一到春夏交替的季节，各色的花朵竞相开放，漫山姹紫嫣红，所以叫了那么个富有诗意的名字。

　　百花园离蒋大华住的地方并不太远，半上午时，他们就到了那片被烧毁的森林前。呈现在他们面前的，是一大片烧焦的土地，那一棵棵被大火吞噬了青枝绿叶只剩下黑乎乎树干的大树直刺苍穹，似乎在向苍天呼号着什么。空气中还弥漫着一股浓浓的烟味，使他们本就难受的心情变得更加沉闷压抑。周永开的目光久久落在那一棵棵烧毁的树干上，心如刀割，胸脯一起一伏，像是想喊叫什么却喊不出来。余世荣、何荣书知道爱树如命的周永开心里难受，他们不好对周永开说什么，便对蒋大华说："蒋老师，我们回去吧！"

蒋大华听了这话，果然转身就走。

周永开却仍像雕塑般地站在那里，神色严峻，紧紧咬着嘴唇，仿佛入定了一般。

余世荣、何荣书见状，也只好又站立下来。

就在这时，刚才还好好的天气，突然"噼噼啪啪"下起了雨来。周永开觉得，老天爷也在为这片被毁的森林伤心流泪呢！

雨越下越大，蒋大华急了，忙过去拉周永开，说："快回吧，周书记！山上的天气就是这样，说下雨就下雨，说晴就又晴了。但看这天色，一时半会儿不像要晴的样子。"

下山的路比上山还难，加上又下了雨，四个人在泥泞的山路上艰难地前行着。多亏有走惯山路的蒋大华扶着，周永开才没有摔跤。

回到蒋大华家时，几个人早淋成了落汤鸡。

换过衣服，周永开像是经过了深思熟虑，突然对余世荣、何荣书大声说："我要到花萼山来栽树、护林，把花萼山保护起来，不能再像这样下去了……"

余世荣和何荣书互相看了一眼，都从对方的眼神中看出了惊愕和震撼。但他们都知道周永开的脾性，凡是他决定要做什么事，别说他们两人，就是十头牛也拉不回去。

可是这个决定，实在太大胆，太冒险，甚至可以说得上有些疯狂。凭一己之力，就能把花萼山保护起来？

何荣书张了张嘴，想说什么却没有说出来。过了一阵，余世荣像是实在忍不住了，才以规劝的口吻对周永开说道："你想上山栽树、护林是好事，但这毕竟不是一天两天的事，何况你年纪也一大把了，你上了山，家里人难道不牵挂？我建议你还是先和家里人商量一下，免得你上了山让儿女和老伴成天牵肠挂肚的。"

在余世荣看来，唯一能让周永开打消这个念头的，可能只有他的儿女和老伴了。

果然如余世荣所料，当周永开把自己的想法对家人摊开后，家里顿时像炸了锅，儿女们一改平时的孝顺，立即火力全开，对他轮番"轰炸"起来。

大儿子的"火力"最足："你以为你像过去那样，说话有人听？你现在退休老头一个，这时代人走茶凉，你说你现在还能叫得动谁？凭你一个人这点力量，你就能把那么大一座山保护好？就能让那山上的人富起来？别说富，那山上到现在还不通路，不通电，连部电话也没有，就像人家说的，交通基本靠走，通信基本靠吼，你在山上要是出了啥事，等报信的人凭两条腿走下山，说不定……"说到这里，儿子有些说不下去了。

大女儿在成都工作，她的"火力"没弟弟那么猛，却句句打动人心："爸，我实在想不通，你这究竟是为了什么？在岗位时，你勤勤恳恳、任劳任怨、赤胆忠心地为党工作，已经尽到一个共产党员的责任了。现在离休了，正该在家里享受儿孙绕膝的天伦之乐。你和妈如果愿意到成都来，我们姐弟就是砸锅卖铁，也给你们买套房子，大城市毕竟比小城市好得多呀！"

二女儿的话带着几分"火药味"："姐姐说得对，人家退了休，有的不是往成都走，就是往北京、上海这些大城市走，有的甚至到了国外去安度晚年。你退了休却往深山老林跑，你这叫作和时代逆行。知道的，说是你自讨苦吃，不知道的，还说是我们后人不孝顺，把你逼走的，你让我们的脸往哪儿放？喊明说，你要只是出去做点调研，十天半月，我们不反对，但你执意要到那山上住下来，和时代逆行，没门！"

老伴吴应明一辈子对周永开顺从惯了，听了丈夫要到花萼山栽树和护林的话后，她虽然没明确表示反对，却在一边抹起泪来。周永开看见老伴在一旁流泪，便知道老伴心里既有不舍，也有担心和牵挂，虽然她没把反对的意见公开说出来，但她内心的一切明显写在了脸上。

儿女的话虽然难听，可周永开知道这是他们对自己的爱，况且他们的话也并不是没有道理，特别是二女儿话中的那两个字——"逆行"。可他这是在"逆行"吗？工作了几十年，组织让自己退下来安度晚年，这是组织上对自己的关心。可作为一个共产党人，"安度晚年"难道就再不关心党和国家的命运以及人民群众的冷暖了吗？古人还有"先天下之忧而忧，后天下之乐而乐"的说法呢，何况入党时立下的"一辈子追随共产党""一辈子心里都装着人民群众"的誓言，言犹在耳，自己怎么能安心在家里享清福呢？可说不是"逆行"，又该叫什么呢？别人退（离）了休，要不到大城市享一份清闲，要不到自己管辖过的企业或事业单位兼个虚职……可自己呢，如果真要坚持上山，确实是在走一条与时代"背离"的道路呀！再加上老伴的眼泪似乎比儿女的话更具杀伤力，周永开的心一下又乱了。

周永开要到花萼山栽树和护林的消息，在达川地委、地区行署中也传开了。一天，达川地区文化局原局长余瑞祥看见周永开，便问他："听说你要到花萼山去？"

听见好友这样问，周永开便道："是呀！那个山森林好，风光好，山清水秀，蓝天白云，空气清新，不但适合养生，也更适合养心……"

余瑞祥没等他说完，又笑着问了一句："你不光是去养生吧？我听说你想到那山上栽树、护林，还想带领山上的老百姓致富，是不是？"

周永开见好友一语道破，有些不好意思起来，决定不再隐瞒，便十分诚恳地说："也有这个打算。那个地方，山水确实好。可那么好的山，山上的树差不多被砍光了，野生动物也被打得差不多了，老百姓住的房子还是茅草棚棚……新中国成立都这么几十年了，山上还像那个样子，何况那还是一块红色的土地！我也当过地委副书记，感觉自己也有责任，所以我想上去把那个地方搞一搞……"

还没等周永开说完，余瑞祥又问："你说得轻巧，吃根灯草！除了栽树，那山上还能搞什么？"

听到这里，周永开脑海里浮现出巴中南阳林场发展旅游的事，他马上说："巴中县南阳林场也是全县海拔最高的地方，人家那里能够发展旅游，花萼山同样也能发展旅游呀！"

周永开话音刚落，余瑞祥忽然哈哈大笑起来，然后道："花萼山发展旅游？我劝你不要去干那个活路了。山高路陡的，就是在上面开个电影院，去看电影的人也要想想……"

老友的话虽然不中听，可周永开也觉得不无道理。

周永开又陷入了犹豫中。

就在周永开进退维谷有些拿不定主意的时候，还是周永开的恩师和革命领路人王朴庵唤醒了周永开。

新中国成立后，王朴庵调到中央组织部工作，可在20世纪50年代后期，高教战线急需人才，他从中组部回到四川，担任成都工学院（后改为成都科技大学）的党委副书记、副院（校）长，在教育战线上一干就是26年，直到1983年离休。离休之后，他没有在家颐养天年，而是离而不休，把全部精力继续投入到党和人民的事业上。他不但积极参加各种社会活动，还身兼多个社会职务，整天忙忙碌碌地为党和人民的事业工作着，体现了一个革命者和老共产党员"有一分热就发一分光""生命不息，战斗不止"的高风亮节。

这天，陷入苦闷中的周永开闲暇无事，便拿出相册随手翻阅起来。刚打开相册，一幅有些陈旧的黑白老照片映入了他的眼帘——这正是他和王朴庵的合影。照片上的恩师身着一件朴素的中式棉衣，双目炯炯地直视前方，似乎在追问他什么一样。周永开的心猛地一惊，几年前的一幕突然浮现了出来。

1988年初秋的一天，离休后被聘为中共四川省委党史工作委员会顾问并被选为四川党史学会副理事长的王朴庵，来到达县地区指导地区党史编撰工作。周永开听说老师要来，非常激动，便约了李范久、赵湘等几位老战友去迎接。王朴庵一下车，周永开等急忙迎了上去。可当他们拉住王朴庵的手后，却因为激动而喉头都有些哽咽起来。他们几个都是20世纪40年代王朴庵培养成长起来的学生，他们加入中国共产党宣誓的地方，也都在化成小学的后山，而领誓人也都是王朴庵。此时他们都不约而同地想起了几十年前的日子，往事历历，可无论是学生还是老师，都已生华发，渐渐老矣。

周永开以为这么多年未见，老师一定会问问他们的工作情况或家庭生活如何。可没想王朴庵的目光突然严肃地从他们身上扫过，然后朗声说道："你们都是我的学生，当年你们追随马列，宣誓要为共产主义奋斗终身。你们来接我，我非常高兴，但我要先问问你们：现在是改革开放时代，随着新旧经济体制的转轨，党内一些人经受不住考验，背叛了党的理想信念，成了腐败分子。你们都在一定的领导岗位上，中间有没有腐败分子？如有，现在就离我远一些，我的学生当中不允许有腐败分子……"

　　一听老师这话，周永开先是愣了一下，他没想到一别多年，师生相逢，老师竟然问的是这话。可正因为这样，才证明老师是他终生的引路人，也说明了老师对他们的期望和信任。想到这里，他再次抓住了老师的手，大声道："老师放心，我向您保证，您的学生周永开不是腐败分子！"

　　李范久、赵湘等都对王朴庵做了同样的表态。

　　王朴庵听了学生们的话，这才高兴了，说："没有腐败分子就好。你们一定要牢记入党誓言，矢志不渝，保持一个共产党员的精神品质！"

　　相聚的时间过得飞快，在王朴庵工作完毕准备离开达县地区之前，他把周永开、李范久等几个学生召集到了一起。这次，王朴庵脸上露出了开心的笑容，他对已不再年轻的学生们说："我了解了一下，你们在这场国家经济体制的转轨中，都做到了清正廉洁，经受住了考验，我很高兴！虽然你们都没有腐败，可你们现在都担负了一定的领导职务，官当大了，就容易脱离人民群众。我问你们，你们现在心里还有人民群众没有？"

　　周永开他们一听，就像小学生课堂上回答老师的提问一样，马上道："老师放心，我们心里没有忘记人民群众……"

话音未落，王朴庵马上毫不客气地说："那好，现在你们每人给我讲几个自己管辖范围内贫困群众的具体例子……"

一听这话，几个人都默不作声了。

王朴庵见了，没再追问和批评，只是语重心长地说："同志们呀，当年在后山宣誓后我就对你们讲，共产党是中国无产阶级的政党，是为了让劳苦大众能过上好日子而起来革命的，除了人民群众的利益，我们党没有任何特殊利益。所以，你们心里要始终装着人民群众，一辈子为人民服务……那是我给你们上的第一堂党课。现在形势有了变化，党以搞经济建设为主，但不管搞什么，为人民服务的宗旨千万不能丢！丢了这一点，党要出问题的！心里有人民群众可不是一句泛泛的空话，如果连自己管辖范围内有哪些困难群众你都不能说出几个来，怎么能说明你把人民群众的喜怒哀乐放到心上了呢？"

几个人的脸一下红了。

王朴庵知道自己的学生响鼓不用重槌，话说到这里为止。过了一会儿，他才又带着几分勉励的口吻说："尽管你们都干得不错，可岁月无情，人生易老，我早离休了，你们呢，眼看着也很快就要人到码头车到站。分别前我还有几句话告诉你们：共产党员职务可以离休，可为人民服务的理想和信念不能离休。离开领导岗位后，也要保持共产党人的革命晚节，做到有一分热，发一分光，生命不息，战斗不止，鞠躬尽瘁，无怨无悔！"

说到这里，王朴庵突然像当年在课堂上一样，提高了声音问："你们做得到不？"

周永开一听，这不正是老师离休以后的真实写照吗？老师楷模在前，自己为什么做不到？于是像当年宣誓一样，掷地有声地回答："老师放心，我们一定做到！"

现在，周永开不仅想起了那天对恩师说过的话，而且耳边还回响起了当年在化成小学后山对老师的承诺。他身上的热血再次沸腾起来，并为自己先前的犹豫感到几分羞愧。此刻，仿佛王朴庵就在他前面对他召唤一样，他突然合上相册，拿起桌上的电话，拨通了余世荣的电话。

周永开大声告诉余世荣，他已经决定到花萼山栽树和护林，保护花萼山。

余世荣以为听错了，过了一阵才问："孩子们和老嫂子都同意了？"

周永开道："他们会想通的。我现在身体还行，共产党员可以退职，不能退休，在城里我又做不了什么，到花萼山上发一分光，有什么不好？"

余世荣听了周永开的话，没有丝毫的怀疑，甚至在这之前，他就知道周永开一定会做出这个决定。因为他深知周永开的个性和执着。在余世荣的记忆里，新中国成立前周永开出生入死，冒着随时都会牺牲的危险开展地下工作的事就不说了，新中国成立后，周永开担任了巴中县委书记，地位变了，环境变了，可他那份对人民鞠躬尽瘁和对工作拼命硬干的精神始终没有丢。他穿着一双麻窝子草鞋走遍了巴中县的山山水水，有时下乡要几天，一双草鞋不够，还得在背包里多装上几双，他也因此被巴中人民亲切地称为"草鞋书记"。现在他虽然不再穿草鞋了，可"草鞋书记"这种为人民服务的精神已经融入了他的血脉，坚定的理想信念支撑着他前行，这时候，谁能阻止他上花萼山的行动呀？

因此余世荣不等周永开再说话，便对周永开说："你来吧，'草鞋书记'，我余世荣别的什么做不到，但给你背草鞋还是做得到的……"

就这样决定了。

可是过了一会儿，余世荣猛地想起了什么，把电话又给周永开打了过去，他说："孩子们不想让你上山是有道理的。你一个人单枪匹马在山上，别说他们不放心，就是我们，心里也会不踏实。我们倒想陪你，可我还在任上，事务缠身，即使有那份心，也分身乏术。何主任倒是退了休，可他的身体差，偶尔陪你上一趟山可以，但要他长期在山上，肯定不行！我给你找个年轻点的人陪你上山，一则照顾你在山上的生活，二则给你做个帮手，三则你在山上有个什么事，给你跑跑路传个信息什么的，你看怎么样？"

周永开一听余世荣这话，便问："你说的这人是谁？他怎么会有工夫陪我上山？"

余世荣道："这个人肯定不会和你计较报酬！"说着，他报出了一个人的名字。

周永开先是愣了一会儿，接着一边拍打着头，一边荡漾着满脸细密的皱纹叫道："我怎么没有想到他呢？好，好，好，我们这就去三顾茅庐，把他拉上山去！"

这人叫楚恩寿。

一个好汉三个帮

楚恩寿是地道的万源人，1965年在达县青花铁厂参加工作，1968年从青花铁厂应征入伍，1970年复员，仍分配到青花铁厂。后来因为想离家近一些，他便申请调到万源滑石湾煤矿工作。

楚恩寿性子直，眼睛里进不得沙子，又在部队这座革命大熔炉里淬过火，养成了疾恶如仇的刚强个性。20世纪80年代初期，楚恩寿和前任煤矿党委书记一起，到成都给煤矿跑来410万元技改资金。那时候，410万元可是不得了的呀！资金到位后不久，前任书记便被调走了。渐渐地，楚恩寿发现，新来的书记有些不对劲，不但这410万元技改资金使用不透明，还把他自己一个没有驾驶执照的外侄儿调来当接送工人上下班的大巴车驾驶员，结果出了事故。不仅如此，矿里还传出了这个书记生活作风方面的问题。

楚恩寿起初不相信，但他慢慢观察，发现了书记很多问题，于是他开始向上面反映情况。奇怪的是，他反映的情况很快便被书记知道了。书记公然在会上叫板："有人告我，我不怕！你尽管告，我们骑驴看唱本——走着瞧！"

楚恩寿听了这话，更坚定了告状的决心，于是一封封反映情况的信飞到县上、地区上、省上有关领导和部门的案头。

没多久，矿里来了一群人，是由万源县纪委、法院、检察院、公安局、总工会等五家单位组成的联合工作组，来矿里调查问题的。楚恩寿以为自己反映情况的信起效果了，非常高兴。那时他在电话室守总机，因为他有非常过硬的白案手艺，便兴冲冲地跑到厨房弄吃的，想让工作组吃得更舒心一些。可吃饭时却发现，书记和工作组的人一团和气，哪像是在调查的样子？

楚恩寿纳闷了。

楚恩寿后来才清楚，工作组不是来查书记那些问题的，而是来查自己反映情况的事。

一天，工作组的负责人终于找楚恩寿谈话了。那位负责人既不说书记有问题，也不说楚恩寿反映情况不对，而是在中间和起稀泥来："老楚呀，你和书记的关系不错，还曾经打过干亲家，你所反映的那些事呀，我看就算了，到此为止，你看怎么样？"

楚恩寿也是个倔汉子，听了这话，有些不高兴了，说："那不行，既然来查了，就得给个结论。如果我告错了，叫诬告，你们该怎么处理我就怎么处理我；如果我告对了，你们该怎么处理他就怎么处理他。总得给个结论，不给结论，我还要继续写信！"

工作组负责人沉了脸，夹起包走了。

楚恩寿还在等着工作组的结论，可结论没等来，却等来了几个全副武装的公安，将他给带走了。楚恩寿清楚地记得那一天：1984年6月18日，他被正式逮捕，罪名是"诬陷、诽谤领导，破坏安定团结"。

看来，一场牢狱之灾楚恩寿是怎么也躲不过了。

可是，楚恩寿偏偏在这时遇到了"贵人"。

这贵人就是余世荣、周永开两位"监察御史"，楚恩寿眼里的"青天大老爷"。

这天，达县地委纪委书记周永开正在办公室里，余世荣夹着一个文件袋走了进来。

"周书记，我来向你汇报一件案子。"余世荣开门见山，显得十分紧迫的样子。

"什么案子？"周永开问。

"我们县上的。"余世荣没等周永开再问，便把楚恩寿如何反映滑石湾煤矿领导的问题，县上如何组织联合工作组调查，楚恩寿如何被逮捕等经过，对周永开讲了一遍。讲完，还补充了几句："根据我们纪委掌握的情况，楚恩寿反映他们书记有经济问题、作风问题，并不是空穴来风。但因为这个书记与我们县上领导关系好，我很为难。不认真，很可能造成一个冤案，同时也放过一个腐败分子；若认真，我又顶不住这个压力。所以特地来请示你，该怎么办？"说完，余世荣将手里的文件袋递到周永开面前。

周永开眼里最容不得的就是党内的腐败分子，心心念念的就是生活在底层的人民群众。他听完余世荣的汇报，抿着嘴唇，脸色越来越严峻。沉吟半晌后，他才从文件袋里取出一叠材料，细细地翻看起来。看完，周永开猛地在桌子上拍了一巴掌，生气地说道："人民群众向上级反映单位领导的问题，怎么就成了诬陷、诽谤？要我说，这个叫楚恩寿的工人，敢揭露领导的不正之风，不但不应该受惩罚，还应该受到奖励！都什么年代了，还敢这样搞，照这样下去，今后谁还敢和腐败分子做斗争？社会的公平正义又到哪儿去了？有腐败线索就该彻查！你顶不住压力，我周永开帮你顶，地区纪委帮你顶，一定要查清楚，还这个工人一个清白！"

说完，周永开拿起笔，在余世荣带来的材料上，作了清晰的批示。

余世荣领了周永开的"尚方宝剑"，回到县上，成立了以纪委牵头的调查组，再次进驻滑石湾煤矿。

那时，离周永开顶着各种压力，查办轰动全国的要案"李作乾案"还不久。李作乾是原达县地区罐头厂厂长，平日里嚣张跋扈，人们举报他的信成捆成捆地被送到纪委，但是有关领导看中李作乾搞经济的本事，对那些举报信一直置若罔闻，直到周永开任职达县地委纪委书记后，对李作乾的调查才正式开展。在调查期间，保护伞们天天来阻拦，有的人甚至威胁周永开，但是周永开毫不妥协，也正是他的坚持，才使得达县地委纪委能够查清李作乾违纪违法的相关事实，并将其一举扳倒。通过这个案件，周永开"较真、严厉、铁面无私"的名声大振，一些腐败分子听见"周永开"这三个字，就胆战心惊。现在，周永开作出严查滑石湾煤矿问题的批示，那些想保煤矿书记的领导，便自觉地退避三舍了。

楚恩寿现在还清楚地记得，1984年7月21日，是星期六，他在看守所被关了33天后，万源县公安局一个姓罗的局长亲自来到看守所关押室门口，喊道："楚恩寿，你出来！"

楚恩寿急忙跑出去，十分谨慎地站在警戒线以内。

罗局长道："不要紧张，你过来，跟我去办公室。"

楚恩寿这才忐忑不安地跟罗局长走了。

来到看守所办公室，楚恩寿一下愣了：满满一屋子人，一些人他不认识，但县纪委书记余世荣、县检察院检察长，还有他们滑石湾煤矿的一位负责人，他是认识的。他踟蹰了一下才跨进门去，在一张凳子上小心地坐下了。

刚坐下，余世荣便站起来对他宣布："楚恩寿同志，你反映你们单位领导的那些问题，经过组织查证，完全属实，不是诬陷，也不是诽谤。从今天起，你自由了。"

楚恩寿仿佛听错了，怔怔地看着余世荣，半天才回过神，道："就这样放了我？"

检察院检察长说："你们单位专门派了人来接你。"

余世荣说："我们知道，你心里肯定还有些疙瘩解不开，不过你现在先回去，我们会派人和你一起到你们单位，召开一个职工大会，宣布你无罪。"

就这样，楚恩寿在蹲了一个月零三天看守所后，被无罪释放，恢复原职务。

滑石湾煤矿书记得到了应有的处理：撤销党内外一切职务，开除党籍。

事后，楚恩寿听说了这件事的前后经过，十分感激余世荣和周永开，特别是周永开，要不是周永开顶住压力，让余世荣坚决彻查他的案件，这辈子他哪还会有出头之日？是周永开和余世荣救了他一命。

因为身心受到伤害，1986年，楚恩寿向单位提出了病退的申请。年底，上级部门正式批复下来，同意他按退职处理，享受病退待遇。这年楚恩寿刚过40岁，正是人生的黄金阶段呀！

退职后，楚恩寿干过乡镇企业，也干过其他事。20世纪90年代初，全国上上下下掀起了开发海南的热潮，楚恩寿一个侄儿在海南搞汽车销售，掘得了第一桶金，立即把楚恩寿招去。楚恩寿依傍着侄儿也开了一家汽配厂。当年海南那股开发热潮，确实圆了一些人的致富梦。也许楚恩寿运气好，也许他本身就有经营的才干，短短两年，他的汽配厂就赚了50多万元。可很快，那股开发热潮就退潮了，回归平静。到1994年初，楚恩寿见海南赚钱也不容易，便携带着手中的50万块钱，回到了万源。

那时，在万源这个大巴山深处的小县城里，有50万块钱，也算得上一个不大不小的"财主"了。

楚恩寿用这笔钱，在万源县城开了一家小饮食店，安分守己过起了小老百姓的日子。

如果不是周永开在这时出现，楚恩寿的小日子一定会舒舒服服地过下去。

楚恩寿详细讲述了周永开他们请他出山的经过。

他说道：

"大约是1994年9月的一个晚上，我忙完了店里的事，正准备休息。这个时候，周书记、余书记和人大的何主任，三个人突然来到我店里。天哪，这可是恩人来了！也不知是哪股风，把他们给吹到我这个店里来了。我急忙给他们把茶泡起，然后望着他们。周书记和余书记，因为他们的救命之恩，我早就认识了他俩。人大何主任最初不认识，后来我才认识，他为人正直。余书记见我怔怔地望着他们，知道我的心思，最先说话：'老楚，周书记来是想请你上山……'

"我有点摸不着头脑，便问：'上啥子山？'

"余书记说：'上花萼山。'说完继续解释，'周书记要到花萼山去栽树、护林，保护和建设花萼山，让花萼山人民过上好

日子。我们想请你随周书记一起上山……’

"我有些明白了，心里却打起架来：这可不是小事呀……

"周书记见我有些犹豫，这时也说开了：‘小楚……’他一直叫我‘小楚’。他说：‘我知道你对当年的事还耿耿于怀……你看都隔了这么多年，算了，你不要再去想当年的事了，跟我一起到花萼山。那里山好水好，空气也好，我们一起给老百姓办点实事，既造福花萼山人民群众，你受伤的心灵也会得到治疗，你看怎么样？’

"我一听周书记这话，还能说什么呢？我说：‘周书记，你叫我做啥子我就做啥子！可我是个粗人，跟你一起上山，我干得了啥子事呢？’

"余书记不等周书记说话，忙说：‘能干的事情很多。第一，周书记年纪大了，照顾好周书记的饮食起居。第二，周书记上山下山，以及在山上调研什么的，你陪一陪，别出什么事。第三，山上没有电话，周书记有什么事跟我们联系，你要跑跑路……’

"我一听是这些事，忙说：‘这些事莫得问题。’

"何主任听我说完，忙问：‘你同意了？’

"我说：‘我的命都是周书记和余书记给救的，这辈子正愁没有报答的机会，我还有啥子不答应的？’

"周书记听了我这话，过了一会儿才说：‘小楚啊，你要想好，跟我上山不是一天两天的事，我们当的都是志愿者，不但没报酬，可能还要往里面贴钱，到时你可别后悔哟！’

"我忙说：‘周书记，你放心，跟到你干，就像二更梆子打两下——莫得错的，哪个还会后悔？’

"我话一完，余书记就过来握住我的手说：'老楚，就这样说定了，我们把周书记就交给你了！'

"我马上说：'余书记、何主任，你们一百个放心，周书记在山上出了丁点问题，你们都找我！'

"我话音刚落，周书记、何主任都过来握住了我的手。"

余世荣选择楚恩寿跟随周永开上山，不单单是因为楚恩寿和周永开一样，眼睛里容不得沙子，也不仅仅因为周永开曾为他洗刷冤情，他身上有一种强烈的忠勇义气和知恩图报的思想。余世荣选择他，还因为这个汉子有着一个很现实的背景——楚恩寿的外公也姓项，就住在花萼山项家坪村后面的九面天，那儿姓项的和项家坪村姓项的，都是一个祖宗下来的。对每个孩子来说，外婆家永远都是心中最温暖、最幸福的港湾。尽管花萼山离万源城远了点，可每年楚恩寿还是会去外婆家几次，所以他对那山上的一切并不陌生。在项家坪，村里很多人，要么他该喊舅，要么称老表。还有一层关系，有人给楚恩寿的儿子介绍对象，介绍的又正是花萼山项家坪村蒋大华的女儿。也就是说，楚恩寿和蒋大华即将成为儿女亲家。蒋姓也是项家坪村一个大姓，在那座封闭的大山里，蒋、项两姓开亲的特别多，这就形成了亲连着亲的血缘关系。深谙农村熟人社会的余世荣知道周永开的性格，他到山上后，肯定会搅起一场场风暴，而有了这个既对周永开忠诚，又两边都沾亲带故的忠勇汉子来帮助周永开，那再好不过了！

可当时余世荣没把这一层意思告诉周永开，连楚恩寿也没说破。周永开是后来才知道余世荣的良苦用心的。

第二章

情系花萼

高高山，浓浓情

1994年10月上旬的一天，楚恩寿跟周永开上花萼山了，但具体是哪一天他却搞忘了。"反正是10月几号，这点我不会记错！"

还在头一天，楚恩寿就去商店买了面包、饼干和矿泉水。做早饭时，他又让妻子煮了几个鸡蛋，一并装在背包里。

余世荣找了一辆车，将周永开、楚恩寿送到官渡镇，官渡镇前面就没有到花萼山的公路了。三个人下了车，余世荣拉住周永开的手，情深深、意切切地嘱咐道："老领导，我们没法上山陪你了，你要多保重！"说完停了一下才接着说，"我们以后再上山来看你！"

周永开见余世荣眼圈有些红了，忙道："你们忙你们的，别惦记着我，我不会有事的！"

余世荣听了周永开的话，又走到楚恩寿面前，握住楚恩寿的手道："老楚，一定要把周书记照顾好哟！"

楚恩寿答："余书记，你放心，我一定把周书记当自己的父亲一样！"

说完，三人挥手告别，余世荣看着周永开拄着木棍一步一步吃力地往山上跋涉的背影，眼眶不由得湿润起来。他比周永开小十多岁，前两次陪着周永开上山，都走得个气喘吁吁、精疲力竭，特别是最后一次，因为淋了雨，他和何荣书回到万源就感冒了，到医院又是输液又是打针，在床上躺了好几天。看着看着，他想起了古人"风萧萧兮易水寒"的话，一种悲壮的感觉油然而生。

余世荣不禁在心里默默地为老领导祈祷起来。

走了大约两个小时，周永开和楚恩寿感到身子热乎了起来，同时，肚子也在"咕咕"地提醒他们到吃饭的时候了。楚恩寿找了一块大石头，招呼周永开坐下。周永开解开外套，顿时，一股凉风习习吹来。周永开再抬头一看，头顶碧空万里，山中风和日丽，好一个秋高气爽的季节呀！周永开还要把外套脱下来，被楚恩寿制止了。楚恩寿从背包里拿出面包、饼干、鸡蛋和矿泉水，两人给身体补充了能量后，趁着休息时就聊开了闲话。

楚恩寿是个心里藏不住话的人，他先看着周永开问："周书记，我有个问题，想问你又怕你生气，不问你呢，我又像地里的蛐蟮（蚯蚓）——满肚子的泥（疑）……"

周永开一听这话，马上对楚恩寿说："有什么问题你尽管问！"

楚恩寿想了想，于是说开了："周书记，你现在每月拿着几百块钱的退休金，在达县城里有吃有住。这花萼山，既莫得你的七大姑八大姨，又莫得你隔房的兄本房的弟以及舅子老表啥的，你说你到山上来栽树、护林，还要帮老百姓致富，究竟为的啥子？"

周永开听了这话，默默地看着对面山头，半晌没有说话。过了一会儿，他才回头问楚恩寿："小楚，你怎么也问起我这个问题了？"

楚恩寿直言："我跟你，总得要跟个明白噻！"

周永开说："你真想知道？你真想知道我就给你摆个龙门阵吧。'文化大革命'你是过来人吧？'文化大革命'中，我是巴中县的头号'走资派'。造反派把我拉出去斗，三伏天里头呀，就在广场坝坝里，头上太阳烤，脚下暑气蒸，那个罪真是生不如死。一连斗了几天，最后一天，我实在坚持不住了，眼看就要昏厥过去。这时，人群中一个中年女人突然站起来振臂高呼：'周永开这个走资本主义道路的当权派冥顽不化，死不悔改，今天我要他尝尝劳动人民的厉害，让他把我这瓶子里的尿喝下去。造反派的兄弟姐妹们，大家说要不要得？'下面那些造反派一听这话，就像打了鸡血似的，立即叫了起来：'要得，要得，这主意妙，让他喝！'那女人一听，果真从她衣服底下取出一只医院里挂葡萄糖水的玻璃瓶子，'噌噌'地跑了上来。当时我想，士可杀不可辱，如果她真要把那瓶子里浑黄的液体灌到我嘴里，我就一头撞死在后边的石墙上。那女人举着玻璃瓶子，做出很愤怒、像和我有不共戴天之仇的样子跑到我面前，'叭'的一下扯出玻璃瓶子的橡皮塞子，举到我鼻子底下，另一只手揪住我的头发，试图使我的头仰起来。我正想反抗，可这时我突然看见了她的眼睛，尽管她样子做得很凶，可那眼睛里闪出的光芒却是温柔的，充满着关切。同时，我感觉到她将我头发的手很轻，并在用眼光示意我配合她。我就把头抬起来了一些，这时，她把玻璃瓶口一下塞到了我嘴里。天哪，这时传到我鼻孔的，并不是尿臊气，而是一股甘甜的糖水味道。她为了不露出破绽，一边将瓶子仰起来往我嘴里灌，一边还气势汹汹地对我喊：'喝，喝，走资派不老实，就叫你灭亡！'下面的造反派也瞧热闹似的跟着喊：'喝！喝！快点喝！'我也作出痛苦的样子，'咕噜咕噜'地把一瓶糖水全喝完了。那女人将空瓶子往不远处的石墙上一扔，将玻璃瓶子摔了个粉碎，然后朝下面一挥手，大叫：'兄弟姐妹们，我们胜利了！'一边叫，一边昂首挺胸地回到人群中去了。就这样，我挺过了那一关。"

周永开讲完，又看着远处，心思似乎又回到了那个遥远的年代。

楚恩寿被这个故事深深地吸引住了，过了半天才问："那个女人，她以前认识你吗？"

周永开说："哪认识？直到现在，我都还不知道她的名字。小楚，我告诉你，我周永开全靠人民群众才活到了今天。在地下斗争年代，好几次都是老百姓掩护和保护了我，'文化大革命'中又是这个善良和勇敢的女人救了我。你可知道，如果那女人的行动暴露了，将付出什么样的代价呀？可她还是冒着风险来救我！在我入党宣誓那天，我的老师和革命引路人王朴庵就对我说：共产党是中国无产阶级的政党，是全心全意为人民服务的政党，除了人民群众的利益，我们党没有任何特殊利益。所以，心里要始终装着人民群众。你刚才问得好，花萼山上那些父老乡亲，没一个是我周永开的亲戚、朋友，可是他们每个人，都是我周永开的亲人。看着那么好的山没有保护好，看着山上的群众还那么贫穷，我觉得我有责任，所以我要上山去！小楚，你现在明白了吗？"

一席话使楚恩寿茅塞顿开，他一把抓住了周永开的手，感动地说："我明白了，周书记，我觉得你这样的人才是真正的共产党。现在有些当官的，嘴上说的忧国忧民，暗地里行的却是财宝归身。我楚恩寿敬佩你这样心里装着老百姓的人，我跟定你了，即使你今后拿棒棒撵我，我也不回去！"

说罢，楚恩寿把周永开搀扶起来，继续往山上爬去。

下午两点钟左右，周永开和楚恩寿终于来到了项家坪村。这是一个小山村，山坳的台地上散落着十几户人家，大多数人家都是茅屋草舍。

楚恩寿把周永开带进一户人家里，房主人是一个结实、敦厚、腼腆甚至有些木讷的中年男子。楚恩寿对周永开介绍说，这是他的一个堂舅，和他母亲是一个祖宗下来的，叫项中根，中国

20世纪90年代花萼山上村民的房子

的中，树根的根，山上的人都叫他"根儿"。他让周永开也这么叫，周永开觉得这名字很亲切，轻轻叫了一声。当那个儿化音轻轻滑过舌尖时，连周永开自己也感到虽还没和汉子说话，心里却一下子没有了距离。

项中根见家里来了贵客，又听楚恩寿说还没吃午饭，急忙呼妻唤女，生火做饭。没一时，便张罗出一桌热腾腾、香气四溢的饭菜。

吃完饭，几个人坐下说起话来，楚恩寿这才把当年周书记如何为他伸张正义，这次为什么上山的事，对他的堂舅说了一遍。项中根一听正是眼前这位慈眉善目的大哥为自己堂外甥洗清的冤情，立即朝周永开鞠了一躬，连声说："恩人，真是恩人，不但楚恩寿要感谢你，我们这些楚恩寿的三亲六戚也得感谢你！"说完，又看着楚恩寿问："你们真的要上来保护山林？"

楚恩寿道："舅舅，这难道还有假？周书记上山来，首先要把整个花萼山都走一遍，做调查研究，看看山上究竟毁了多少林，哪儿适合栽什么树，哪儿适合发展其他东西，做好规划，然后对症下药，拔山上的穷根……"

楚恩寿还没说完，项中根就说："这就好了，这山上早就该有人来保护了。再这样下去，山上的森林就全完了！"

周永开听项中根话中有话，便看着他问："根儿，你平时砍树不？"

项中根的脸一下红了，半晌才说："别人都砍，自己不砍，不是划不着吗？砍了又有些后悔……"

周永开听项中根说的是真心话，心里竟然感到了一丝欣慰，他想这也许是山上许多人内心最真实的想法吧，便也推心置腹地对项中根做起工作来："根儿，你的心思我理解，大多数人对这座山还是有感情的，都不想让这么美丽的山败下去。过去砍了就算了，从今往后，不管是树，还是竹子，都不要再砍了。我们一定要把花萼山保护起来，保护花萼山也就是保护我们自己。不知你意识到没有，这些年我们万源为什么自然灾害多了？就是因为树被砍得太多了。没有了树，不能调节气候，洪涝旱灾哪会不多的？新中国成立以后，由于多种原因，我们对森林保护没有经验，又要搞建设，树木没保护好，我们有责任。现在我们要把花萼山的树恢复起来，把花萼山建设好。现在花萼山农民的日子虽然苦一些，但等花萼山保护好后，农民的日子一定会好起来的！根儿，你说对不对？"

不知是被周永开一番真诚的话打动了，还是看在楚恩寿这个堂外甥亲戚的面子上，项中根听了周永开的话并没有正面回答——不过这不奇怪，山里汉子大多有些口拙。过了一会儿，项中根却看着周永开问："周书记到山上转，要不要人带路？"

周永开愣了一下，不知道项中根问这话是什么意思，便指着楚恩寿道："这不是有小楚吗……"

话还没完，项中根突然撇了一下嘴，露出了一丝对楚恩寿不屑的神情："这花萼山40多万亩，他才叫得出几座山的名字？他娃儿晓得的，不是我隔着门缝看人——把人瞧小了。周书记要是信得过我，我来给你们带路！"

话音一落，不但周永开，就连楚恩寿也愣住了。过了半晌，楚恩寿才对项中根说："舅舅，我和周书记上山来，都是义务，可没钱给你……"

楚恩寿还要说，项中根一下生气了："你把舅舅当成酒杯里洗澡——小人了是不是？舅舅是见钱眼开的人吗？舅舅是看在周书记救过你的分上，上山来又是为花萼山好，才心甘情愿为你们跑点路。"说完又转过头对周永开道："周书记，我们山里人别的没有，跑路的力气却有，你啥时候转山，我啥时候就来给你带路！"

这下轮到周永开感动了，他急忙拉住了项中根的手，一连说了好几声"谢谢"。

从这天起，这个根儿就和楚恩寿一样，成了周永开贴身的一名忠诚、任劳任怨的得力干将。

不但如此，根儿这个家，后来也成为周永开上山来的一个接待站。用楚恩寿的话说，周永开到花萼山来，一共有三个接待站。第一个是万源城柳树街他楚恩寿家里。周永开要到花萼山，一般是头天从达县出发，到万源他家里住一晚上，第二天才开始往花萼山去。第二个接待站就是项家坪村项中根这座竹篱茅舍，到达山上后，周永开会在这儿"刹一脚"，让身体充一遍"电"后，再朝龙王塘蒋大华家这个第三接待站爬去。

说白了，项中根这里，也就相当于周永开另一个家了。

说了一会儿话，楚恩寿便告诉项中根，他们要到龙王塘蒋大华家，这个朴实厚道的汉子急忙站起来，坚持要把周永开送到蒋大华家里。周永开拦住他，连楚恩寿也对他说："根儿舅舅，我晓得到蒋老师家的路……"

项中根涨红了脸道："你晓得是你晓得，我送是我送，走点路又累不死人！"说完，不等周永开和楚恩寿再说什么，就"咚咚"地迈开大步，打头走了。

周永开再次见证了山里人侠肝义胆、质朴善良和忠勇热情的性格，心里又是一阵感动。

　　傍晚时，他们到达了龙王塘蒋大华家里。蒋大华和周永开早成了知心朋友，这次又见是准亲家陪着上山，哪有不高兴的？

　　周永开和楚恩寿在蒋大华家这个第三接待站住下来了。

　　吃过晚饭，周永开才对蒋大华谈起这次上山的目的、打算及工作开展步骤。蒋大华一听周永开这次上来不走了，要在山上保护花萼山并带领花萼山人民群众致富，非常高兴。可一听周永开先要在山上开展调研、规划，他眉头就皱了起来。他打断了周永开的话，直通通地问："就你和楚大兄弟两个在山上调研？"

　　周永开一愣："我和小楚两个还不够吗？"

周永开（左一）和蒋大华夫妇

蒋大华诚恳地道："我不是不相信楚大兄弟，可你们知道这山有多大、山里的情况有多复杂吗？就说这天气，都是瞬息万变的。虽说森林边缘，现在很少见到黑熊了，可在大山深处，还有黑熊、野猪等猛兽出没呢。楚大兄弟的外婆家虽说在这山上，他和山上的人也都沾亲带故，可对这大山又了解多少？万一出了什么事，你们连回来报信的人都没有……"

蒋大华还没说完，周永开便想起了下午项中根说的话，于是说道："我懂了，下午项中根也这样说。"说完，便把项中根主动要给他们当向导的话对蒋大华说了一遍。

蒋大华听了这话，沉吟了一下才道："项中根这人实诚，他给你们当向导，你们一百个放心！可一个项中根还不行。你想想，山这么大，牵涉的乡镇就有十多个，光调研没有三五个月，你走得下来？项中根也有一家人，这三五个月里，他能天天陪你走？"

周永开明白了："那……"

蒋大华知道周永开担心什么，便道："我有学校的娃娃绊着，不能陪你转山，明天我再给你找一个人，让他和项中根轮流带你们走……"

楚恩寿听到这儿，忙问："蒋大哥准备找哪一个？"

蒋大华道："楚大兄弟放心，我找的人穿钉鞋，挂拐棍——把稳着实，绝对可靠，明天我带来就知道了。"

第二天，蒋大华果然给周永开带来一个三十七八岁的汉子，中等身材，偏瘦，面容看起来憨厚老实。周永开将汉子看了看，又看了看蒋大华的爱人，突然叫了起来："他们两个怎么这样相像？"

蒋大华这才"呵呵"笑了起来："周书记好眼力，这是我娃儿他舅，李如银。"

周永开和楚恩寿这才明白，原来蒋大华找来的是他舅老倌。

李如银却只顾搓着一双大手，咧着两片厚厚的嘴唇朝周永开憨厚地笑着，一副局促不安的窘迫相。

周永开一看，便知道这又是一个憨厚纯朴、善良正直的山里汉子。

和项中根一样，李如银后来不仅也成了一位巴心巴肠、忠贞不贰的护林战士，而且还是周永开在花萼山上生活的主要料理者。

再后来，又有了项能奎、项能华、蒋大兵、蒋大杰等汉子，成为周永开在山上植树和护林坚定不移的支持者和捍卫者。

周永开之所以能在20多年的时间里"咬定青山不放松"，正是因为有了这些外表憨厚纯朴、内里热情正直且说一不二的老百姓的无私帮助和支持。他们给予了周永开强大的精神力量和坚韧不拔的决心，是他们手挽手组成的铜墙铁壁，保护着周永开度过了一次次的艰难险阻。

多年以后，当周永开说起那段往事时，感激之情还溢于言表："是他们的支持、信任鼓舞了我，没有他们的无私帮助，我根本没法坚持下来。可惜的是蒋大华、项中根、项能华他们没能看见今天花萼山的变化，他们去得太早了……"

老人说到这里，突然背过身去擦拭起眼泪来。

山苍苍，路茫茫

老天爷像是有意照顾周永开，上山头几天里，天气一直很好，秋高气爽，虽说山上的气温要比山下低几度，但天天艳阳高照，整座花萼山矗立在大朵大朵的云彩之下，正在打红泛黄的树叶把山脉渲染得如水彩画一般。在这样的天气里，周永开带着楚恩寿、李如银或项中根，开始以项家坪村为轴心，由近及远地在山上调研起来。

楚恩寿有一手白案功夫，每天早晨，他都要蒸一笼馒头，塞进背包里，那是他们的午餐。山上没地方买矿泉水，周永开年纪大了，肠胃功能弱，楚恩寿害怕他喝了山上的泉水拉肚子，便又烧一壶开水倒进保温水壶里，让李如银或项中根背着。周永开的外套口袋里，装了一本厚厚的笔记本和两支钢笔。吃过早饭，每个人手里就挂着一根头天削好的木棍，迎着阳光向森林出发。

一路上，李如银是个闷葫芦，你不问他话，他一整天都可以不开口，只知道默默地做事。即使问他一句话，他也要想半天才回答，问什么答什么，从不多说一个字。

项中根比李如银好，话多一点，可用他自己的话说："我又没有读过书，即使认得几个字，这山上又不能听广播，又看不到电视、读不到报纸，一个大老粗，说的话上得到啥子台面？"

楚恩寿倒是比李如银、项中根知道的事情多一些，可他知道的，哪能和周永开比？有时他说着说着，就会不由自主地想到自己的事，便对周永开说："冤枉我的人是共产党，救我的人还是共产党，看来共产党里有好人，也有头上长疮、脚后跟流脓——坏到底了的人。周书记，你和余书记、何主任都是好人！"

周永开对楚恩寿说："小楚，你怎么还忘不了过去的事？你现在不是生活得很好吗？赚了钱，又开了小店。如果不是托共产党的福，你能够当老板吗？"

这么一说，楚恩寿便找不到合适的话回答周永开了。

几个人中，数周永开话最多。一路上，他就说个不停，简直成了一个"话痨"。

看见树，他就说一棵树会吸收多少二氧化碳，释放多少氧气。又说人类最初的家园就建在树上，后来才从树上下来修房造屋，可修房造屋离不开树，所以说没有树人类连遮风避雨的地方都没有。

由树他又说到林，说一座森林相当于修了多少座水库，一座森林就是一道守护生命的自然防线，阻挡风沙，调节气候，涵养水源。又说要是没有森林，这花萼山只是一堆乱石，要多难看就有多难看。可是一有了森林，这山就青了。山一青，绿水自然就来了。一有了青山绿水，一堆乱石也就变得生机勃勃了。

看见花，他又说花。说花是植物的繁殖器官，植物靠花交配。交配后的花结成种子，植物又靠种子繁殖。还说人吃的粮食，大部分来自植物种子，要是没有植物种子，人类根本没法活。又说花如何美丽，红色热烈，紫色浪漫，蓝色温柔，黑色敦厚。还说别看这些花是野生野长的，但它们缤纷的颜色不但装扮了大地，还给生活在林中的动物带来芳香。

一说到动物，他又谈起了森林里的动物。他说人是由猴子变的，不消说猴子是人类的祖先，最起码也是人类的老表，所以人不应该去伤害猴子。说得更多的是森林中的鸟儿。他说人们喜欢鸟的歌唱，其实鸟在春天里发出的那些时而高亢时而优雅的叫声，是为求偶而做出的才艺表演。他说森林中各种鸟儿虽生活在同一空间，却各有自己的生存领域，各得其乐……

大自然讲完，周永开就给楚恩寿、李如银或项中根滔滔不绝地讲起马列主义、毛泽东思想和邓小平理论来。虽然只有一两个听众，但他的严肃认真、慷慨激昂及其理论之深刻、立论之严谨、层次之清楚，丝毫不亚于在党校给学员们上党课。

有时，他们在路上也会遇到几个下地的农民，这是周永开最高兴的时候。他会把这些农民叫到一起，掏出口袋里的笔记本，一边问一边记。先问他们叫什么名字，住在几村几组，家里有几口人。问完基本情况后，他又像一个虚心好学的学生，问他们这山上栽什么树最肯长，除了栽树，山上还种什么比较来钱，等等。问完了这些，他突然话锋一转，问他们砍没砍过树、打没打过猎、挖没挖过笋等。不管他得到的是什么答复，接下来，他就对他们讲起不砍树、不打猎、不挖笋，保护好森林的好处来……

只有到了森林里，周永开才会沉默下来。从田野进入茂密的森林，立即像进入了另一个世界，让人不由自主地产生一种神秘的感觉。在这儿，一棵棵大树和浓密的枝叶遮住了阳光，脚下的落叶起码堆积了几尺厚，人踩在上面，比踩在棉花上还舒坦。

周永开说："在山上转，完全被大山迷住了。什么城市的喧

周永开（左一）在花萼山上上特殊党课

嚣呀，人与人之间的恩怨呀，欲望呀，等等，在森林的怀抱中全忘得一干二净！走到森林里，自然就不会去想那些名利、纷争什么的，心境平和、坦荡，像是变得和森林一样了。"

可是，周永开毕竟不是生活在真空里，大自然赐予他的这份平和快乐的心境，很快便被他看到的另一种现实击碎了……

这天，他们来到一个叫"难经崖"的地方。难经崖，顾名思义，就是难经过的悬崖。很大一面山坡，山坡上古木参天，森森然，寂寂然，有的直冲云霄，有的虬曲而上，有些老树似乎已坐化成佛，没有了枝叶，只剩下光秃秃的树干直指苍穹。树叶本已慢慢变黄，而灿烂的阳光又给这些叶片镀上了一层金色，满山坡便一片金光摇曳，让人目不暇接。周永开一下被这片树林迷住了，连连叫道："好树！好树！"一副神迷心醉的样子。

攀着悬崖小心翼翼地来到坡下，下面有一块草坪，草坪旁边有座当地老百姓搭建的土地庙，因此这个地方又叫"土地坪"。山上的村民从难经崖下来，到了这块草坪上，一般都要坐下来歇一会儿，平息平息刚才绷紧的神经。周永开他们也不例外，来到草坪上，他们便找了一块石头坐下。可刚坐下不久，周永开的眼睛突然直了，指着正前方一棵古树喊了起来："你们看，那是怎么回事？"

楚恩寿和项中根一惊，急忙朝周永开手指的方向看去：不远处一棵古树，约有一人怀抱粗，树干笔直，树皮呈铁灰色，枝叶疏疏密密昂首向天。不用说，这是一棵树龄在100年左右的华山松。可在离根部大约一尺高的地方，树干被人用弯刀砍去了三分之一。三个人急忙跑过去，一看，从树茬上流出的松汁还没有凝固，地上的木屑也还散发着松树特有的清香。看来这棵树被砍不久，砍树人手中的弯刀无法对付这么粗的树，所以要分作几次砍，这才没有使这棵树一次毙命。

周永开刚才那种目眩神迷的感觉立即消失了，脸色变得铁青，他紧咬着嘴唇，胸脯起伏着，恨恨地说道："这么好的树，就这样被砍了。这个人不得好死！"

这是楚恩寿在山上，唯一一次听到周永开说骂人的话。

楚恩寿说，他到了山上，才知道周永开爱树，简直是爱到命里去了。别说砍树，平时就是看见一些顽皮的孩子抱着小树摇，周永开也会上前制止，何况现在看见的是一棵这么好的树遭如此伤害，岂能不义愤填膺？

一下午，"话痨"周永开始终阴沉着脸，再没有说一句话。

傍晚时，他们下山了。经过项家坪村五组时，周永开看见旁边院落里有一户人家大门洞开，屋顶上炊烟袅袅。他突然想起，来这里好几天了，还没有到过村民家中去看看，便对楚恩寿和项中根说："我们进这户人家看看！"说完，不等楚恩寿和项中根回答，便朝大门走了过去。

来到大门口，周永开朝里面大声喊："屋里有人吗？"

没人应声。

周永开又喊了一声，才听见从旁边披屋里传出一声咳嗽和"嗒嗒"的脚步声，一个像是从垃圾堆里爬出来的老头出现在周永开面前。

老头弓腰驼背，看起来年龄在60岁上下，身材不高，又很瘦弱，面色黄中带黑，满脸皱纹又密又深，脑壳上缠着几圈已经看不出是灰色还是白色的头帕，目光呆滞，神情麻木，像是有病的样子。

那人见周永开一双眼睛只顾在他身上打转，也不说话，便有些奇怪，于是瓮声瓮气地道："哎，你绿眉绿眼地盯着我做啥子？我又没有做贼！"声音硬得摔到地上也能破八瓣。

周永开这才猛地回过神，急忙问："老乡，你叫什么名字？"

那人立即像是周永开欠了他什么一样，气鼓鼓地反问："你问我名字做啥子？"可想了想还是回答了："我叫钟方元。"

周永开听后，便笑着道："哦，我们来看一看，钟老乡。"说完，一步跨进了大门。

钟方元见了，立即追着周永开，十分不满地说了起来："看

周永开在花萼山上走家串户

啥子，我屋里又没有藏得有婆娘，有啥子看的？"

周永开没回答，目光落在了屋子里。这是一间被山里人称为"堂屋"的老式房子，里面光线很暗，屋子后面的墙壁破了很大一个洞，用一张破烂的竹篾席挡着。竹篾席前面胡乱堆放着许多杂物，在杂物的一边，放着一张床、一个木柜及一张黑不溜秋的桌子，桌子上面落满了灰尘。床上的被子裹成一团，已经脏得看不出被套的颜色了，散发出一股刺鼻的味道。周永开不由得皱了皱眉，再看床前地下，痰迹斑斑，旱烟头遍地。

周永开看了一会儿，忽然问钟方元："钟老乡，你老伴呢？"

钟方元阴冷地笑了一声："婆娘还在老亲爷（丈人）屋里养

着呢！"

周永开愣了一下："你没结婚？"

钟方元说："嘟个没有结婚？年轻时天天晚上做梦都在讨婆娘呢！"

周永开一下明白了，转移了话题："钟老乡，今年你六十几了……"

钟方元还没听完，马上打断周永开的话，道："你说个铲铲，上个月我才过了46岁的生……"

周永开轻轻地"啊"了一声，半晌没说出话来，转身进了披屋。披屋里火塘的火还燃着，吊在铁钩上的鼎罐正"咕嘟咕嘟"地往外冒着气。

周永开走过去，伸手要去揭鼎罐盖子。

钟方元急忙扑过来抓住周永开的手，大叫起来："走开，你要干啥子哟？我还不够吃，你们还想吃我的饭……"

周永开见他误解了自己的意思，道："钟老乡，你放心，我只是看看你煮的什么。"

钟方元露出了怀疑的神色："你们真的不吃？"

这时项中根走了过来。项中根虽然住在这山上，但他和钟方元不在一个组，平时各干各的事，如果不是亲戚，都是鸡犬之声相闻，人却不相往来。此时他对钟方元说："这是从达县地委来的周书记，他住在蒋大华老师家的，怎么会吃你的饭？"

钟方元松开了手，却仍然怀疑地看着周永开。

周永开揭开鼎罐盖子，拿起旁边的一把勺子在锅里搅了搅，立即愣住了：锅里煮着的，只是几个洋芋。

周永开发了半天呆，这才颤抖着问钟方元："钟老乡，你就只吃几个洋芋？"

钟方元像是十分奇怪地看了周永开一眼，然后反问了一句："你说还能吃什么？"

周永开一下噎住了，过了一会儿才说："难道天天都吃洋芋？"

钟方元说："你想叫我吃肉是不是？我还想吃肉呢，可是从哪儿来？这山上只出洋芋和苞谷，你还想吃啥子？有洋芋吃总比饿死强！"

周永开盖上鼎罐盖子，脸上的皮肤绷紧了，紧紧咬着腮帮看着钟方元，心里涌起一阵愧疚。他突然大声说："老乡，我叫周永开，我是共产党员！我这次到花萼山上来，一是要保护花萼山的生态环境，二是要帮你们拔穷根，要让花萼山的人民群众都能过上好日子……"

周永开话还没说完，钟方元把他上下瞅了瞅，冷冷地道："就凭你？"

周永开听出了钟方元有些不相信他，便大声说："不是凭我，是凭共产党这三个字！"

钟方元听了这话，似乎更怀疑了："你吹吧！反正我这房顶已经破了，再给我吹几个洞我也不怪你。"

周永开急忙申辩道："我不是吹，共产党一定能！"

钟方元的眼光定定落在了周永开身上，先从鼻孔里"哼"了一声，然后不慌不忙地追问周永开："凭啥子能，你说说凭啥子能？"

这一下把周永开问住了。是呀，中国老百姓最讲求实际，在你没有实际行动以前，要他们相信确实很难。可此时此刻，周永开又能拿出什么证据来证明自己一定能呢？他想了想，掷地有声地对钟方元大声说："大山为证，我周永开今天以一个共产党员的身份对天发誓，共产党一定能带领花萼山人民过上好日子！"

钟方元一下愣住了，可眼里怀疑的神色并没有完全消失。这时楚恩寿走了过来，对钟方元说："钟大哥，周书记是真正的共产党员，他不像有的人那样扯谎卖白。他说能，就一定能，不信你等着看吧！"

项中根接着对钟方元说："周书记解放前就是地下党，是冒着生命危险参加革命的，离了休本该在城里享清福，却自愿到我们花萼山来吃苦受累。有他在，花萼山一定会有希望！"

听了楚恩寿和项中根两个人的话，钟方元眼里的怀疑神色渐渐消失了。山里人质朴，一旦消除了心中的芥蒂，便会变得热情和幽默起来。他突然像是内疚似的朝周永开一笑，说："那好哇！等日子好起来了，我也没别的啥子要求，你说我还能不能找个婆娘？"

周永开被这话逗笑了，说："那为什么不能呢？完全是有可能的！"

钟方元等周永开说完，却说出了两句山里的言子（歇后语）："那是沙罐做枕头——空想，猪儿八（猪八戒）梦里讨婆娘——尽想美事。即使到时候真有那样的美事，我也不得行了！"

周永开再次被逗乐了，急忙说："哪里哪里，人家姜太公80多岁了还生了个幺儿呢！"

钟方元马上说："那都是写书人编龙门阵来哄人的！哪有80

多岁还生儿子的？我这号的老光棍，是七月十四烧笋壳——没啥纸（指）望了，只希望共产党能像你说的，把这山上搞好了，让年轻人不像我一样打一辈子光棍，花萼山人就给你烧高香了。"说完，他突然将双手合拢起来，一边朝周永开连连打拱，一边说："希望你说话算话，让我早点看到那一天！"

一听这话，周永开心情又激动起来，他过去一把拉住了钟方元的手。天哪，这是一双什么样的手？周永开像是握住了一块粗糙的石头。他把钟方元的手掌翻过来看了看，不但满手掌都是厚厚的老茧，而且到处都是皲开的口子。周永开心里不觉疼了起来，便摇晃着钟方元的手说："钟老乡，你放心，今天有项中根和楚恩寿在场，我也请他俩做见证人。改变花萼山贫穷落后的面貌，共产党一定能！不但一定能，我周永开还要告诉全世界，共产党为什么能！我做不到，就不是真正的共产党员！"

钟方元听完，真正相信了，也摇晃着周永开的手，绽开满脸的皱纹说："那就好，那就好。刚才是我有眼不识泰山，说话得罪了你，你大人不记小人过哟！"

周永开忙说："哪里，你今天给我上了生动的一课，我还得感谢你呢！"说罢，抽回手，也朝钟方元打了一拱，一行人才告别离去。

走出来，周永开一看，太阳虽然已经靠山，半边天空却被晚霞映得一片金黄。经过刚才这段插曲，周永开心里也犹如天空一样，被那金黄色的晚霞辉映得十分明亮。没走多远，从身后突然传来一阵沙哑的、拖长的歌声。那歌声如泣如诉，十分凄凉：

梧桐那个树儿青呀，

花儿那个一盏灯哟。

可怜张家那个汉子嘛，

年年那个打单身哟……

周永开听那声音正是从钟方元屋子里传出来的，便问项中根："根儿，他唱的什么歌？"

项中根连想也没想便回答："唱的是我们山上的《单身汉儿歌》。"说完又补了一句，"他心里苦着呢！"

周永开听了项中根的话，抬头看着漫天彩霞，久久没有说话。楚恩寿见时候不早了，还有好几里路要走呢，正想催，周永开突然回过头，目光如炬地看着他和项中根问："小楚，根儿，你们相不相信我刚才说的话？"

楚恩寿和项中根知道周永开问的是什么，便不假思索地一齐回答道："信呀，我们不信你信谁？"

周永开说："那我们就一起喊……"

楚恩寿和项中根急忙问："喊啥子？"

周永开说："共产党一定能呀！我们就用这句话，再次回答钟方元，并告诉花萼山全体人民！"

楚恩寿和项中根听了周永开这话，道："不就是喊几嗓子吗？你说啷个喊就啷个喊！"

于是三个汉子立即将手掌卷成喇叭状，对着莽莽群山一齐放开喉咙喊了起来。

顿时，那高亢、雄壮和嘹亮的喊声，犹如雷电般向千山万壑中飞奔而去，接着又被山崖给弹了回来，发出悠长、连绵的回声："共产党——一定——能、能、能……"

等回声慢慢消失以后，周永开觉得舒了一口气，这才迎着那大片晚霞大步走了过去。而楚恩寿和项中根虽然相信周永开不会说假话，可也不由得暗暗为他捏了一把汗：天哪，这个年近七十的退休老头子，他凭什么就这么自信呀？

他们也和钟方元一样在等待着这个共产党人的答案。

路漫漫，从头越

转眼间，周永开来到花萼山两个多月了。在这两个多月里，他转遍了花萼山项家坪和九面天。花萼山葱葱茏茏、蓊蓊郁郁的原始森林，奇特壮观、姿态万千的喀斯特溶洞，恬美幽静、天然成趣的长洞湖，倒流曲折、风光无限的任河，都让他叹为观止、驻足留恋。而每次深入村民家里，和老百姓交谈访问，看到的和听到的，又让他唏嘘不已、扼腕叹息。短短两个多月里，周永开就记了几大本笔记。

没过多久，严寒来到了山上，眼看大雪就要封山了。一封山，连山里人都干不了什么，周永开便带上几大本笔记本，和楚恩寿一起下山了。

第二年春节过后不久，山上的积雪还没有完全融化，周永开又到山上来了。这次，不光是楚恩寿跟着他，他还带来了一个背着背包、像是城里人的"眼镜客"。一到山上，三个人再加上李如银或项中根，又开始在南天门、玄天观、鸡冠寨、九龙池、花熊坪、长池子、大窝宕、野猪槽等地方转。那"眼镜客"也像周永开一样，手里拿着一个大本子，每走到一个地方，不是在本子上写，就是在本子上画。晚上回到蒋大华家里，还要在一张大纸上画。这样过了20多天，那"眼镜客"才告别周永开下山去了。

"眼镜客"一走，周永开便去找项家坪村村支书项中寿。项中寿就住在项中根隔壁，有病，也上了年纪，楚恩寿也喊他"舅舅"。项中寿人品不错，不但自己行得端，对家人要求也严。可是因为有病和年纪大了，村里的工作大多交给村主任马大得去干。可这个马大得，周永开上山没多久，便听说他偷偷砍了自己屋旁的几棵大树。周永开一查，果然如此，三棵银杏树，一棵香樟树，都是非常漂亮、合围粗的树呀！周永开问他为什么要把这么漂亮的树砍了，马大得道："树是长在我屋旁的，我砍来做'老衣'（棺材）。"

周永开见他振振有词，当即批评了他。为了让更多人引以为戒，周永开当天就带着楚恩寿下山，找到官渡镇党委负责人，反映情况。镇上领导有些犹豫："老领导，那山上很不好物色干部，他砍树当然不对，不过砍的树也没有卖钱，只是给自己做寿材，我看给个批评教育就行了吧。"

周永开掷地有声地说道："那不行！山上乱砍滥伐之风一直刹不住，关键就是干部。如果干部带头乱砍都不受处罚，那我们怎么去保护花萼山的生态，去保护长江中上游的森林不被破坏？我们都是国家工作人员，要带头落实《森林法》，而不是去破坏！"

周永开把这件事提到国家法律的层面上来了。

最终，官渡镇党委下定决心，召开村民大会，罢免了马大得项家坪村村主任的职务。

要想重新选出村主任真的还不容易，因而项家坪村的村主任还空缺过一段时间。周永开跟着着急，不单因为缺人选，还因为项家坪村的党组织建设没跟上。

周永开对项中寿说："从我上山来，就没见过你们开党员大会，也没参加过你们的组织生活。你把党员召集起来，我也列席下你们的党员大会……"

周永开还没说完，项中寿的眉毛胡子都皱到了一起："周书记，我们现在开次党员大会难啊，召集不起来……"

周永开严肃地问道："怎么召集不起来，啊？你把党员的名单给我，我一个一个地去请！"

项中寿听周永开话音不对，连忙说："好，周书记，我去请！但会上讲什么？"

周永开说："你开个头，由我来给大家讲。我上山来这么久了，也认真思考过，我们项家坪村不能再这样下去了。我来讲一讲今后花萼山和项家坪村如何发展，老百姓怎么才能富起来……"

项中寿一下高兴了："好，周书记，我这就去通知。"

项家坪村党员大会终于开起来了，17名党员，一个不缺，还有不是党员的村委会成员和各村民小组组长列席会议，济济一堂。项家坪村无论是开干部会还是党员会，好久没像这次这么齐整过。

大家听说从达县地委来的周书记，给项家坪绘出了一幅发展的蓝图，都想来听个新鲜，并要看一看这个城里的"大人物"在山上转了几个月，究竟转出了什么名堂。

人们既期待又怀疑，有人还带有几分等着看笑话的神情。

周永开没辜负众人所望，在项中寿几句开场白过后，他走到前面，从桌上的粉笔盒里拿起一支粉笔，转身在后面的黑板上写了"人""路""电""林""水""旅"几个字，然后回头拍了拍手上的粉笔灰，才铿锵有力地说了起来："我就给各位讲这六个字，这六个字就是今后我们项家坪村的发展方向……"

好家伙，六个字，周永开竟然讲了整整两天。

第一天务虚，着重讲人的学习，提倡学习六个人，一学张思德，二学白求恩，三学老愚公，四学项中诗，五学"花萼老祖"徐庶，六学笋子梁跳崖牺牲的12位红军勇士。然后学法律。法律很多，庄稼人一时也学不完，但一定要学好以下几部法律：一是《森林法》，这是最主要的，要学好学透。学好了《森林法》，大家就不会去乱砍树、乱打猎、乱挖笋了。二是《土地管理法》，三是《环境保护法》，四是《教育法》……再学科学，如科学造林、科学护林、科学防治森林病虫害、科学管理等等。

第二天实际一些，主要讲花萼山今后的发展规划，先讲路，再讲电，三讲林，四讲水，环环紧扣，步步为营，最后讲旅。

在讲旅之前，周永开拿起桌上的一个纸筒，展开，挂在黑板上。众人一看，原来是一张手绘的花花绿绿的地图，可又不像书店里卖的那种地图。周永开见众人一副迷惑的样子，这才道："这是一张我们花萼山的旅游规划图，是我从重庆请来的专家经过20多天实地勘查，用了几个晚上给画出来的。"

众人听到这里，才知道跟周永开上山的"眼镜客"，原来是一个搞旅游的专家。

周永开一边指着那图上的景点，一边眉飞色舞地说了下去："旅游是一个新兴的长远项目，前途光明，它产生的经济效益和社会效益，都不可估量。专家说我们花萼山的风景太好了，真可以说是一步一个景。他给花萼山规划了70多个主要的景点。这里叫'天之峰'，这儿是'项家崖'，这儿是'玄天观'，这儿是'苍河沟'……还有数不清的小景点。我们不能端起金碗讨饭！现在最重要的，领导的决心要大，要在困难中前进，在前进中克服困难，朝'花萼天下无'的战略目标坚定不移地前进、前进，再前进！"

周永开用一个坚定有力的手势，结束了他长达两天的演讲。会议结束前，他提醒村上党员干部要把这些发展方向给村民传达到位，讲深讲透。

这真是花萼山项家坪村史无前例的一次党员大会呀！走出会议室，大家都禁不住长长地出了一口气，感觉身子也是前所未有的轻松。毫无疑问，周永开这两天振奋人心的演讲，在这些纯朴的山民心中，燃起了一线希望。

村文书兼会计项尔方也和大家一样，正要走出会议室时，周永开突然喊住了他："小项，你等一下！"

项尔方等众人走完，才走到周永开面前问："周书记，你还有什么事？"

周永开说："我有个情况要问你。"说完，周永开严肃了表情，目光直视着他，问道："你今年多大年龄？"

项尔方答："30岁。"项尔方不知周永开问这做什么，答完，抬头看着周永开。

周永开又问："你上过初中？"

项尔方又答："初中毕业……"

话还没完，周永开打断了他的话："你还没加入中国共产党？"

项尔方脸红了："没……"

周永开再问："你想不想加入中国共产党？"

项尔方抬头看了周永开一眼："当然想哦！"

周永开听了项尔方的话，沉思了一下，鼓励似的说："那好，等条件成熟了，可要积极向党组织靠拢哟！"说罢，让项尔方回去了。

望着项尔方的背影，周永开的眼神里透着希望。

第二天，周永开拄着拐杖，从山上来到官渡镇，找到了镇党委主要领导，对他谈了项家坪村领导班子的现状，希望镇党委能

周永开（左）和项尔方（右）

加强对年轻党员的培养。特别提到了项尔方，建议把他列为预备党员考察对象，不仅在思想上、政治上关心他，而且在工作上也可以给他压担子，使他能够在实践中锻炼成长。

周永开在为项家坪村的领导班子发愁呀！

镇党委领导听了周永开的话，十分感动，采纳了他的意见。

不久，镇党委果然派人来找项尔方谈心。

处于激动和兴奋中的项尔方没有想到，为了他的成长和进步，年近七旬的周永开，用了大半天时间，不辞辛劳地用一双老迈的腿，一步一步地丈量完十多里"手爬岩"，去向镇党委推荐他呀！

项尔方庄严地向党组织递交了入党申请书。

花萼山上安新家

党员大会开后第二天，周永开对楚恩寿、李如银、项中根说："你们去打听一下，看全村党员和村民对我在会上讲的反响如何？如大家反映很好，我们就立即开展下一步行动！"

楚恩寿、李如银、项中根去了，可晚上回来时，三个人却一声不吭。

周永开先看着李如银和项中根问："你们听到些什么？"

李如银和项中根没回答，把目光落到楚恩寿身上。

周永开又转头看着楚恩寿："小楚，你说！"

楚恩寿沉吟了一会儿，这才对周永开说："大家都说你讲得很好，他们都很佩服，说到底是上面来的大领导，一套一套，山尖尖上的茶壶——水瓶（平）高……"

周永开打断了楚恩寿的话："你别光给我戴高帽子，说点实际的！"

楚恩寿这才道："实际的哟？实际的就是扫把写字——大画（话），大家压根不相信你……"

周永开惊住了。

楚恩寿说："不是不相信你说的话，而是不相信你这个人会在山上住下来。大家都说你是在城里住腻了，想到这山上来透透气，等游山玩水够了，屁股一拍，就会脚底板擦油——开溜！哪见过这样的大官退了休后，不在城里抱孙子享清福，会在这山上讨苦吃？"

周永开一下愣了。过了一会儿，他又把目光落到项中根、李如银身上。项中根只得说了一句："可不是这样，大家都认为你在这山上待不长久，不过是一时心血来潮。"

李如银没说什么，只点了一下头。

周永开再没说什么了。

晚上，周永开又失眠了。先在床上辗转反侧，后来干脆爬起来，穿上衣服，开了大门，到院子里像牛拉磨一样转起圈来。

楚恩寿见了，也跟着穿衣起床，来到院子里。

山上的春夜和山下的春夜不一样。一弯月牙在头顶挂着，月牙周围的云不是蓝色，而像是轻盈的白纱，明净而透彻。空气中富含水汽，既清新又有点凛冽。

周永开踱了一会儿步，突然停了下来，对楚恩寿说："明天你叫上项中根或李如银，去看看山上有没有老乡搬走不住的旧房子，如有，你给我买一座……"

楚恩寿以为自己听错了："你要在这山上买房子？"

周永开说："老乡们不是怀疑我在这山上待不长久吗？我就要向他们证明，我周永开从此就是这山上的一员……"

楚恩寿明白了周永开的心思，可心里还有疑虑："可这……"

周永开没等楚恩寿说下去，便用坚定的口吻说："你不要多说了，按我说的办！最好在五组，也就是花熊坪那上面去买……"

楚恩寿担心地道："五组可是项家坪村最高的一个组，花熊坪海拔1900多米，那么高，你爬上爬下……"

周永开打断了楚恩寿的话："高点好，高点好，站得高看得远嘛！"

楚恩寿没再说什么。

第二天，楚恩寿叫上项中根一起去了。到天黑的时候，楚恩寿兴冲冲地回来对周永开道："周书记，搞定了，搞定了！花熊坪蒋大元答应把他的那几间房子卖给我们。"

周永开问："蒋大元到哪儿去了？"

楚恩寿道："搬到山下去了。一共有四大间，除了墙壁破烂一点，房子不倒不歪，倒可以住人，蒋大元只要600块钱……"

周永开叫了起来："好哇，好哇！600块钱就买一座房子，值，值！买，买！"

楚恩寿道："只是厨房垮了，要重新修……"

周永开又叫："修，修，再修一间厨房也值！"

蒋大华一听周永开要买房子，便道："周书记，你不在我这儿住了？"

周永开怕蒋大华多心，马上道："蒋老师，你不要多心啊！老乡们现在怀疑我在山上待不长久，我买房子是给他们一个信心，看他们还有什么怀疑的！"

蒋大华听了这话，不再怀疑，却表示出了与楚恩寿一样的担心："要表明这个态度是可以的，可为什么要到花熊坪去买，就在下面项家坪买不一样吗？"

周永开说："不一样，真不一样！"说完才解释起来，"第一，花熊坪那个地方海拔高，虽然我上山有些困难，可一到上面，地势就平坦了，有70多亩熟地，现在都是荒了的，老乡们都搬走了，我上去就是要告诉大家，不能让花熊坪荒了。第二，花熊坪靠近那4万亩竹林，村里人都偷偷地从那儿到竹林挖笋子、砍竹子，还有300亩左右的树林，也被人偷砍得差不多了。我上山是为了保护花萼山，哪儿破坏得最严重，我就应该在哪儿……"

听了周永开一番话，不但楚恩寿不再说什么，连蒋大华也闭了口。

第二天，周永开便和楚恩寿一起，爬到花熊坪去看房子。房子诚如楚恩寿所说，虽然破旧一些，但一溜四大间，十分宽敞，墙壁是木板的，也还算牢固。周永开看了，便让楚恩寿去找项中根、李如银商量，找人来对房子进行修缮。"第一，在旁边厨房原址上，重新修一间厨房。第二，厨房修好后，再买几包水泥和河沙，请人搬运上山，把屋子地板硬化一遍。要让山上的人看到，我们是真扎根不是假扎根。第三，地板硬化后，把板壁铲一铲，再用水洗一洗，到山下找几捆旧报纸，将全部墙壁糊上一层报纸……"

周永开详细交代了一遍，最后一句话是："所有开支由我支付。"

楚恩寿听完，迅速行动，回到项家坪，立即去找李如银、项中根，然后又找到项尔方，按周永开的要求，一一落实去了。

半个月后，一座焕然一新的农家小屋十分醒目地矗立在花萼山花熊坪的蓝天下。

万事皆备，却缺了几张放平身子的木床。周永开又对楚恩寿说："你去买几张床，钱我出！"

这个不难，山上不是有很多木匠做家具卖吗？没几天，楚恩寿便买来12张床，每张床15元。为什么买这么多？此时楚恩寿和李如银把照顾周永开的任务做了一些调整，因为楚恩寿有时要下山采购物资或担任联络任务，陪伴和照顾周永开的任务便主要落到李如银肩上。因此，周永开、楚恩寿、李如银要各睡一张床，剩下9张，周永开高瞻远瞩，预备给今后来的客人住——别看现在花萼山少人问津，但只要栽下了梧桐树，何愁没凤凰来？这区区几张床，说不定还不够客人住呢！

有了床，却没有被褥，楚恩寿又犯愁了。山上气温低，别说现在春天的晚上，就是夏夜，身上也得盖床被子呢！周永开见楚恩寿犯愁，笑道："别愁别愁，余书记不是说有困难找他吗？我们这就给他派点'任务'。"说完，周永开撕下一张稿纸，"唰唰"地在上面写了几行字，交给楚恩寿说："你去找余书记，他肯定有办法。"

楚恩寿正要下山置办锅盆碗勺，听了周永开的话，接过他手里的纸条，"噔噔"地下山去了。果然没负周永开所望，楚恩寿回来时，不但带回了锅盆碗勺，还带回了几床被子。

令周永开没想到的是，余世荣的被盖才上山，余世荣本人第二天就上山了，一起上山的还有何荣书。

原来，余世荣听楚恩寿说了周永开在山上买房的事，不放心，便叫上何荣书来一看究竟。

两人将屋里屋外仔细看了个遍，见木已成舟，又知道周永开的性格，还能说什么呢？余世荣的目光落到了房前屋后蜿蜒曲折、又陡又窄的小路上，眉头不由得皱紧了。那是一条什么样的路呀？从下往上看，犹如一条天梯挂在悬崖峭壁上，看一眼都让人直起鸡皮疙瘩；从上往下看，仿佛造物主随手扔下的一条时隐时现的带子，一些地方窄得像是随时要断。这样的路，对于山上的村民来说，也要小心应付。想到周永开和村民一样，每天进出……余世荣不敢再想下去，于是他马上喊来楚恩寿和项尔方，对他们说："交给你们一项任务，立即组织村里的劳动力，从下面那个什么河……"

项尔方答："廖家河。"

余世荣道："不管是什么河，反正就从那河边一直到这山上，你们把这条路整一整。一是容易打滑的地方，给弄块石板铺一铺。二是弯弯拐拐的地方，能改直的就改直。三是梯子太陡的地方，用錾子铁锤打一打，把梯子下矮一些或再多铺几步梯子……"

话还没完，项尔方露出了很为难的神色。余世荣没等项尔方说话，便道："我知道你为什么皱眉头。你们尽管找人做，钱的问题我来想办法……"

项尔方的眉头果然舒展开了。

余世荣又马上问："你们算算，大致需要多少钱？"

项尔方和楚恩寿立即在心里算开了。山上有的是石头，修这样的小路不需要水泥，最大的开支是人工费。按当时的工价，每天五六块钱就行。项尔方毕竟是村文书兼会计，算账是他的拿手活，很快就报出了结果："只人工费，大约3000块吧！"

余世荣听了爽快地道："好，就3000块，你们马上组织修！这路不光是为周书记修的，大家都要走，所以要抓紧时间，争取在半个月内完成。"

一时间，"叮叮当当"的錾子敲击声便在这大山深处响了起来。

真的只用了半个月时间，一条经过修整后的小路从廖家河直通到花熊坪后面的山上。

在一个阳光明媚、温暖而喜气洋洋的日子里，周永开从借住的蒋大华家里搬到了花熊坪自己的新家里。

这是一个值得纪念的日子，因为从这天起，花萼山的历史将翻开新的一页！

第三章

青山风云

种豆南山下，初心未敢忘

周永开在花萼山上安营扎寨了。

他搬上去时，正值草长莺飞的时节。在山下，小麦正在拔节，田野一派葱绿；农舍旁，不是桃红便是李白，满眼姹紫嫣红。路边杨树青青，溪畔柳枝鹅黄；头顶鸟儿欢歌，耳旁蜜蜂浅唱。山上的季节虽晚了一些，但大地也呈现出了一派诱人的绿色。房屋周围的草皮泛青了，细密的草茎和草芽一天一个样，在非常静谧的时刻，似乎能听到它们"噌噌"生长的声音。前方森林里茂盛的松和杉让山看上去更像一幅永不褪色的油画。此时的风还有点凉意，但已没有了寒冬时那般的锋利。风向也不太明朗，风吹过后，肌肤甚至还有点舒适的感觉。

没过多久，漫山遍野的野花便争相怒放起来。花萼山真是一个野花的王国呀！那野花成群成片的，争奇斗艳，绽放于悬崖边上、岩石缝中，或红或黄，或白或紫，美不胜收。

有花必有草。周永开最喜欢山上的一种草，那种草非常坚韧，伏地而生，山上的牛都不吃，却在山崖、陵谷、荒野、树丛中，葳蕤得一片茵绿。周永开后来把它命名为"花萼草"。野草虽细微，但在周永开眼里，它们和大树一样，仍然有大美，有大用。草籽是鸟雀的主要食物来源，野草开花，虽不大紫大红，却素朴高雅，同样招蜂引蝶。草木不言，存乎天地之间，默默地为人类做着贡献，大德也！

周永开喜欢树，喜欢闲花野草，在一朵盛开的野花面前，他可以坐上半天。坐在树下观野花，听山风，也是他最开心的时候。楚恩寿回忆说："周书记在屋子里待不住。他总说屋子里闷得慌，林子里空气新鲜，半天不到林子里看看心里总欠点啥。一到林子里，他要么坐在树下听山风，要么眼睛就落在野花上，不准我们打搅他。"

楚恩寿还回忆说："他到山上像是完全忘了人世间那些俗事，晚上我们三个人在一起，那时山上不通电，乡亲们点煤油灯，我们奢侈一点，点的是蜡烛。我们没电视看，收音机也没信号，也没报纸读。周书记高兴了，就说：'我们来唱样板戏！'我唱不好，李如银更不用说。但我在部队学会了拉二胡，我把二胡也带到山上去了，于是周书记唱，我拉二胡，李如银就当观众。你还别说，周书记的样板戏唱得好哟！他嗓门大，中气足，一吼，漫山遍野都是回声。"

有一天晚上，周永开不知是高兴了还是怎么，他要李如银也唱一个，说："李如银白听我们唱，不公平，也唱一个给我们听！"

李如银先是红了半天脸，然后唱了一个，一开始只是轻轻哼，唱着唱着声音就大了：

> 映山那个红哟，红嘛红艳艳，
> 徐总指挥哟，到呀到巴山。
> 接二那个连三嘛，打呀，打呀，打胜仗，
> 穷苦那个百姓呀，好呀，好喜欢。

消灭那个军阀嘛，和土豪，

工友呀，农友呀，那个掌呀，掌政权。

实事求是地讲，李如银唱歌真的有些不好听，半是在唱，半是在念。可周永开听着听着，那双眼睛逐渐地亮如明星，嘴唇也轻轻蠕动着，一边打着拍子，一边跟着李如银哼。李如银唱完，周永开一把抓住了他的手，兴奋地说："唱得好，唱得好，快告诉我，你从哪儿学来的这些歌？"

李如银显得有些局促不安，半天才说："小时候听我娘唱，学会了这么几句。我娘说，她也是从我外婆那儿学来的。当年闹红（参加革命）时，我外婆还是个小女娃子，听见大人唱，也就学会了。"

周永开听完，又摇晃着李如银的手说："你还会唱哪些，都唱给我听。"

李如银歪着头想了半天，又唱了一首：

搓根索索哟，打呀，打草鞋，

红军哥哥哟，那个打仗，往呀往北开，

穿上那个草鞋嘛，慢呀慢慢走哟，

我盼那个嘛，红军哥哥呀，快呀快回来！

李如银唱完，怕周永开再叫他唱，摇手说："再莫得了，再莫得了！"便坐到一旁去了。

周永开果然没再叫李如银唱，可是他双眼却盯着蜡烛摇曳的火焰发起呆来。也不知是烛光的缘故，还是周永开想起了什么，楚恩寿看见周永开的双眼潮湿和红润了起来，半天才像是自言自语："多么壮怀激烈的年代，多么可爱的一片红色土地和人民，我们怎么就忘了呢？不该忘呀，不该忘呀！"说完，他又对李如银说："你再慢慢想想，把能唱的都慢慢想起来告诉我。"

李如银说："周书记，现在兴的是'哥哥妹妹'，这些陈时八年的东西，哪个还会喜欢？"

周永开郑重地说："别人不喜欢，我们喜欢，我们世世代代都要把这些歌唱下去。小楚，你说是不是？"

楚恩寿回忆说："唱完了，我去把第二天的馒头蒸起，第二天再烧几个洋芋，有时候我也从村民那里买几个鸡蛋。周书记长期跟我睡，山上晚间气温有些低，有时一觉醒来，发现周书记把脚搭在我的身上，我的脚也搭在他的身上。那个样子，他哪像一个当过大官的，分明就是山上的一个老农民嘛！"

确实，周永开到山上后，越来越像一个老农民了。花熊坪那儿荒的地很多，周永开让李如银扛来两把锄头，把屋旁的一块地开垦了出来，亲手种下了丝瓜、南瓜、茄子、豇豆等蔬菜。春去夏来，蔬菜蓬蓬勃勃长了起来，开出各种各样的花朵。当这些五颜六色的花朵变成累累硕果，周永开心里又平添了一种难得的享受。

"觅得恬寂处，闲坐远云飞。"可周永开并不是封建时代寄情山林的隐者，他始终没有忘记自己的使命。

在深思熟虑后，周永开突然对楚恩寿说："花萼山还有很多事情要做，我们不能让老乡们为了眼前利益，就牺牲长远利益，现在该我们拿出当年红军血战万源的精神，保护花萼山了。"说完又补了一句，"花萼山没保护好，老百姓没有富裕起来，我周

周永开在巡山

永开的眼睛是不会闭上的。"

楚恩寿听了这话，才知道老人不论是观花赏草，还是坐在树下听风冥想，甚至唱戏唱歌、种菜种豆，这种闲适都只是表面现象，而他的内心从来没停止过风暴雷霆，只不过因为他还没把行动计划想好，没说出来罢了。

现在，他肯定已经想好了一套行动方案。

果然，周永开当天就将项尔方找了来。此时的项尔方，已经成为一名中国共产党预备党员。老支书项中寿因为年龄大了，又多病，主动向官渡镇党委辞去了村支书职务。项尔方还是预备党员，而其他十多个党员，不是年纪大了，就是大字不识，更无力承担村上重任。周永开又和镇党委商量，由镇党委派一个同志兼任项家坪村村支书，村主任一职也没合适人选，就让它先空缺着。镇上兼职的村支书平时到村上来的次数少，村上的工作自然就落到项尔方肩上。

这也正是上级党委和周永开的意思，先给项尔方加加压，是骡子是马，让他在道上遛上一段时间。

周永开开宗明义，直接对项尔方说出了找他的目的："找你来，是想和你商量一下保护花萼山生态环境的事。保护花萼山生态环境的重大意义我就不说了。我想在山上成立一个'花萼山自然保护区管理所'，你看怎么样？"

项尔方从没听说过这个机构，愣了一会儿："管理所？"

周永开道："对！要想保护好花萼山，先要有个主心骨。成立管理所，就是要把旗帜立起来，把人聚拢起来，一起把花萼山保护好。"

听周永开这么一说，项尔方心里亮堂堂的："我们跟着您干！"

周永开道："这个管理所不光是挂块牌子，还得有人办事。所以，我们还要成立一个管委会，负责具体的工作。我想了一下，管委会主任由我来当，我不怕打黑脸。副主任楚恩寿算一个，余世荣算一个……"

项尔方问："余书记会来？"

周永开道："余书记也快退休了，他别想躲在城里享清福，我把他拉上来。我征求了他的意见，他答应了。"

项尔方不再问了。

周永开又道："管委会成员你算一个，你再推荐一个，这个人要热心，要不怕得罪人。"

项尔方想了想："那就村上的民兵连长吧，他是村委会成员，干部不带头谁带头？"

周永开："行，那就民兵连长。"

项尔方："就我们五个人能保护好花萼山？"

周永开："当然不能只依靠我们五个人。管委会只是一个管理和指挥机构，下面我们先选十个村上的精兵强将，成立一个护林联防队，负责巡山和制止乱砍滥伐、打猎、乱放牧、挖竹笋等行为。经过我在山上这些日子的观察和听村民的反映，我觉得楚恩寿、李如银、项中根、项能奎、项能华和三组的蒋大兵、蒋大杰，加上三组的组长、民兵连长和你可以，刚好十个人，你看怎么样？"

项尔方想了想："行！"

说到这儿，项尔方又停了停，然后望着周永开迟疑地说："周书记，不准砍树、打猎、放牧是对的，可如果影响到一些老百姓的生活，怎么办？"

周永开耐心地对项尔方说："保护和发展有时可能是一种矛盾。我已经想好了，我们先把保护的工作抓起来，紧接着就抓发展。老百姓牺牲的，只是眼前一点利益，现在他们可能会有些不理解，以后会慢慢理解的！"

项尔方听了周永开这话，便不吭声了。

周永开又对他说："你来当护林联防队的队长，不会推辞吧？"

项尔方一下语塞了："这……"

周永开见他有些犹豫，马上说："这确实不是个好差事，但你刚才不是说了吗，干部不带头谁带头？你好好想想这事吧！"

项尔方知道周永开这是在考验他，他也不想失去人生这难得的机会，于是回答说："行，队长就队长，我听你的，周书记！"

周永开对他笑了笑，既是鼓励，又是赞许，说："那就这样定了。明天你通知这十个人到我这儿开个座谈会，我们说干就干！"

打响护林保卫战

第二天，山下的项中根、项能奎、项能华、蒋大兵、蒋大杰，还有村上的项尔方、民兵连长、三组组长都来了，加上楚恩寿、李如银，十个山里汉子齐聚一堂，围桌而坐。在摇曳的烛光中，周永开讲开了："大家辛苦了！让你们从山下爬到这山上来，我心里很不过意，首先向你们表达歉意。"说完站起来向大家深深鞠了一躬，然后接着说，"今天这个会特别重要，牵涉到我们花萼山的前途和命运。大家知道，我们花萼山的生态环境破坏严重，树被砍了很多，野兽也被打了很多。我知道一些人这样做也有些迫不得已，但我们不能只顾眼前利益而忽视长远利益，更不能以牺牲长远利益来换取眼前利益，陷入越穷越砍树、越砍树越穷这样恶性循环的怪圈，我们得为子孙后代留一条生路！从现在起，我们要把花萼山保护起来，树和竹子不能再砍了，笋子不能再挖了，野生动物不能再打了，牛羊也不能再在山上敞放了，要实行圈养。再乱砍滥伐树木，乱打滥捕野生动物，乱挖竹笋，乱放牛羊，就等于我们自断子孙的活路。我们花葶山的农民现在是苦了一些，但只要我们把花葶山保护好了，将来的日子一定会好的！"

李如银、项中根、项能奎、项能华、蒋大兵、蒋大杰这些汉子，先前已经多次听过周永开给他们讲保护花葶山的道理，他们也有那份对未来生活的向往和保护家园的觉悟，此时听了周永开一番推心置腹、发自肺腑的话，更明白了周永开的一片苦心，便道："周书记，我们相信你的话，你直接说要我们做什么吧！"

周永开听后也显出几分激动，于是把成立"花葶山自然保护区管理委员会"和"花葶山护林联防队"的事给众人说了，然后道："你们就是我从花葶山1000多人中精心挑选出来的护林联防队员。我相信你们能当好这个护林联防队员，因为你们热爱花葶山，不想看到花葶山就这样继续被破坏下去。但我们这个组织是自发组织起来的，没有国家编制，更没有一分钱工资。你们都是志愿者，所做的工作不但没有报酬，一年还要多穿烂几双鞋，还要讨人恨！一句话，当护林联防队员就是要吃亏吃苦的……"

话还没完，汉子们说："我们山里人吃苦吃惯了的，不怕吃苦！"

周永开说："吃苦不怕，可吃亏呢？这可是个吃力不讨好的差事，何况又不是一天两天的事！"

汉子们又说："吃亏我们也不怕！"

周永开道："我知道山里的男人一口唾沫一个钉，说话讲信用，但我现在需要听你们一个一个表态。你们真要想好，说出来的话就不能收回去了！"

汉子们说："表态就表态，反正我们跟着你干了！"

说完，汉子们分别表态。

周永开在本子上一一记下了他们的话。

项尔方等三个村、组干部见汉子们都表了态，也一一表达了自己的决心。

等屋子里的人都表了态，周永开才说："虽然上面没拿一分钱，但我不忍心让各位白跟着我跑。我也没有多的钱，我愿意从我的退休金里拿点钱出来，给大家一年补助几双草鞋钱。没有多的，每人每年暂时补100块，以后如果我的退休金提高了，我再给大家增加。大家可不要嫌少……"

众人一听都愣住了：每人每年100元，一年也需要付出1000元。要知道，在20世纪90年代中期，周永开的退休金每月也只有几百元呀！每年他拿出这么多养老钱来给大家，他又不是花萼山人，他这样做是为了什么？因此，汉子们没等周永开说完，便道："周书记，你为花萼山巴心巴肠，我们领情了，但这钱我们不要！"

周永开说："怎么不要？我知道100块钱对于你们的付出来说微不足道，但这是我周永开的一点心意。就这样了，到时我会发给大家。"

众人还坚持不要，项尔方这时站起来道："周书记掏腰包给大家发钱的目的，是希望大家尽心尽力把花萼山保护好，既然这样，你们就不要推辞了。但我在这里表个态，我们三位村、组干部就不要周书记给我们发钱了，因为这是我们干部应该做的事。"

他这么一说，众人也就不再说什么了。

周永开于是道："从明天起，护林联防队就正式行动！怎么行动法？先礼后兵，我们首先要把群众的思想工作做到前面。尽管我在调研和上次的党员大会上也给大家讲过保护森林的事，可大家以为我只是说说而已，这次我们要做更深入更细致的工作。我们一共有十名队员，分成五个小组，每个小组负责一个村民小组，挨家挨户宣传保护森林的重要性，教育大家不要再上山砍树、打猎、挖笋、放牧了。我知道农村有句俗话，叫作人在人情在，人在面前人情更在，是不是？项家坪的人不是姓蒋就是姓项，大家不是亲就是戚，由你们去做宣传，他们顾及情面，肯定不好说什么，效果比我开会还会更好，你们说是不是？"

众人说："是这个道理。都是一个村的人，大家低头不见抬头见，即使他们心里再不舒服，也不会一根眉毛扯下来就盖住了脸。"

周永开高兴了，于是说："大家既然有信心，我就等着好消息。如果村民听了我们的话，不再上山砍树、打猎、挖笋、放牧，这就叫'不战而屈人之兵'，那就太好了！"

护林联防队员虽然不知道什么叫"不战而屈人之兵"，可一见周永开高兴的样子，心里也乐观起来。

一场保护花萼山的战斗，就这样打响了。

令周永开没有想到的是，护林联防的艰巨性比他预想的要艰难得多！具有丰富农村工作经验的他，深知农村是个熟人社会，他让护林联防队员挨家挨户去做说服宣传的工作，就是想利用熟人社会的人情和面子，让村民自觉遵守村里的禁令。可他忘记了，这是涉及每个村民生计的大事，熟人社会的人情和面子，在

周永开（右二）在花萼山村民家中宣传护林

这儿就显得有些轻飘和次要起来。当着护林联防队员的面，除了少数村民咕咕哝哝地发发牢骚，大多数村民都信誓旦旦地答应遵守村里的规定。可等进屋做工作的护林联防队员一转身出门，他们该干什么就仍然干什么。

在这里，生存的逻辑重过道德和伦理的逻辑。

这样过了几天，周永开见违反禁令的人并没有比过去少，便知道自己打熟人牌的方案收效不大，于是决定采取第二个行动方案。巧的是，第二天一名记者到花萼山上来采访周永开，这名记者和周永开早就认识。周永开知道他的毛笔字写得好，于是让楚恩寿去老乡家里买了一块2米长、20多厘米宽的木板，请木匠刨光，让记者挥毫写下了"花萼山自然保护区管理所"11个楷书大字，挂在了大门旁边。大家没想到的是，这个管理所为1996年花萼山成立市（县）级自然保护区奠定了基础。同时，为了让村民对禁令更有印象，周永开又让人做了五块一米见方的大木牌，在每一块上面都写下了——

为保护花萼山生态环境，特规定如下：

一、严禁乱砍滥伐树林。

二、严禁捕猎野生动物。

三、严禁在山上散放牛羊。

四、严禁盗采竹笋。

五、严禁带火上山。

花萼山自然保护区管理所

之后，周永开又把护林联防队员召集起来，对大家说："看来我们光打熟人牌、说服教育牌不行，还得来点硬的。我了解过，上山主要有五条路，从明天起，每个护林小组各把守一条。我们做了五块禁令牌，你们拿回去插在自己值守的路口上。对那些违反禁令非要上山的人，就在路口把他们堵住！有什么问题，及时回来汇报。"

众人答应了，拿了墙角的禁令牌就各自离去。

第一天，五个路口的护林联防队员就和要上山的村民脸红脖子粗地吵了好几架。一些村民还挽袖扎衣，想要动手，幸好护林联防队员克制，架才没打起来。第二天早上，护林联防队员再去自己的路口时，发现头天插在路边的禁令牌被人拔起来给砸烂了。五块禁令牌就被砸烂了四块，护林联防队员急忙回去给周永开汇报。周永开先是吃惊地瞪大了眼睛，像是不相信地问："砸烂了四块？"

四个来报信的护林联防队员说："可不是，砸得稀巴烂呢！"

周永开见队员怒不可遏的样子，突然笑了笑，然后平静地说："不是还有一块没砸吗？不要紧，他们能砸，我们能写，我马上找人再写几块就是……"

可话没说完，李如银便气喘吁吁地跑了过来，向周永开报告："村民蒋大祥要砸我们的禁令牌！"

周永开一下变了脸色，道："我们最后一块禁令牌也要被人砸了？"

李如银说："要不是楚恩寿在那儿拦着，早就被砸了！"

周永开突然眼睛一瞪，不由得咬紧了牙关说："走，我们去看看！"

众人一听周永开要亲自去看看，互相看了看，李如银突然说："周书记，你就不要去了吧……"

周永开不等他说完，又一字一句地道："我为什么不能去？不要多说，走！"

说罢，周永开头也没回，大步朝前走了。

楚恩寿回忆说："李如银当初想拦住周书记，不仅仅是因为周书记年纪大了，还因为蒋大祥这个人在项家坪很霸道。他有三个儿子，儿子多拳头就硬，他又是个不讲理的人，项家坪的人给他起了一个诨名叫'弄炮'。什么叫'弄炮'？就是整枪弄炮的意思，是不好惹的粗人。他和亲弟弟整毛了，回家把他三个儿子叫起，跑去把亲弟弟围了……就是这种人，对亲兄弟都是这样。

他屋里没得肉吃了，看到哪个家里有肉，他就跑到哪个家里，明对你说：'把你屋里的肉借点！'嘴上说借，实际上把肉借给了他，就等于肉包子打狗——有去无回。你说这样一个人霸道不霸道？"

周永开和李如银等人赶到竖禁令牌的路口，果然看见蒋大祥手里提着一把斧头，和站在禁令牌旁边的楚恩寿像斗架的公鸡一样，虎视眈眈地对峙着。

周永开先把楚恩寿拉开了一些，然后才问蒋大祥："你想干什么？"

蒋大祥一点也不示弱："我要砸了你们的牌子！"

周永开又问："它碍你什么事了？"

蒋大祥说："就是碍我事了！不准砍树，不准打猎，不准放牧，这不准，那不准，还准不准老百姓活了？从来都没有哪个有这样的规定，这规定是个啥子东西……"

周永开没等他说完，有些怒不可遏地叫了起来："从来没有这样的规定？要保护森林，从今天起，就要立这样的规定……"

蒋大祥挥舞着手里的斧头，怒气冲冲地叫道："我就不信这样的规定，我就要把它砸了！"

周永开见他朝自己走了过来，胸脯一挺，大叫了一声："你敢！"

蒋大祥被周永开的吼声震住了，再一看楚恩寿、李如银等一群人怒目金刚似的站在周永开身后，不由自主地站住了。

双方又僵持了一会儿，蒋大祥见占不了上风，终于骂骂咧咧地走了。

周永开以为这事就这么结束了，可是没完。第二天早上李如银起来开门一看，只见大门的门板上写了歪歪扭扭几行字。李如银急忙叫楚恩寿来看，楚恩寿一见，嘴都气歪了。原来大门上写的是："周永开是癫子，吃饱了没事干跑到花萼山来发癫！""楚恩寿、李如银是周永开的狗腿子！"

楚恩寿气鼓鼓地看了一会儿，要去拿水来冲洗，周永开这时走了过来，制止了楚恩寿，说："洗它们干什么？癫子就癫子，我都不怕，你们怕什么？只要是为花萼山好，我们就当一回癫子和狗腿子有什么不行？"

楚恩寿就没去冲洗了。

没过两天，山上的一些石壁上，也刻上了这样的话。

仅仅是骂一下倒也罢了，更难对付的，是违反禁令的人越来越多。其中又尤以放牧为甚，因为这时正是春草萌发的季节。

如果说盗伐者和盗猎者不敢明目张胆，只能偷偷进行，那放牧就不一样了。一是几乎家家都养有牛羊。二是牛羊并不知道人类有什么生态环境保护的规定，它们只知道自己的胃空了就要填充食物。三是这山上祖祖辈辈养牛养羊都是散养，现在要他们改变饲养习惯，实行圈养，谈何容易？面对外面的大好春光，牛羊们嗅到随风飘来的青草的味道，早就在圈里又是踢腿又是放开嗓子嘶叫了起来。主人一心疼，于是又都赶着牛羊上山了。

可是，那上山的路口被两尊门神似的护林联防队员守着，一副"一夫当关，万夫莫开"的凛然样子。

可这难不倒山上的人。这山上不知被牛羊踩出了多少条羊肠小道，难道我不知道绕道上山，非走你那有"秦琼""尉迟恭"把守的路口不成？

有一段时间，周永开和护林联防队员见并没人赶牛羊上山，心里还高兴起来：哈，看来大家能够自觉遵守管理所的规定了。可是过了几天，突然发现家家户户的牛圈、羊圈空了，这才知道那些养牛养羊的人玩了个暗度陈仓。

周永开立即调整战略战术，撤走了守候在路口的护林联防队员，身先士卒，带着护林联防队员到山上赶牛赶羊。

果然，在山上绿茵茵的草坪上，一些刚从"禁闭室"出来的牛羊，正怡然自得地一边享受美味，一边追逐撒欢。

周永开先没赶，只亮开嗓子高声吼叫："哪个的牛？哪个的羊？"吼一遍没人答应，再吼二遍。

吼到三遍、四遍，一些刚把牛羊赶上山还没来得及离开的人不好意思了，过来承认是自己的牛或羊。对于承认了的人，周永开先问他们"为什么要把牛羊赶到山上来放"，然后再说几句保护山林对大家都有好处的话，就叫他们把牛或羊赶下山去了。

剩下的牛羊，无论周永开怎么喊叫，再没人答应。周永开便叫护林联防队员把它们赶下山去，在龙王塘找了几间没人住的房屋关了起来，然后叫护林联防队员四处通知，让那些赶了牛羊上山的人到龙王塘来认领自己的牛羊。

那些赶牛羊上山的人听说周永开把自己的牛或羊给关起来了，不知周永开会怎么处理，果然急急忙忙地跑了来。

周永开并没有为难他们，只叫他们写一份检讨，并且保证再也不会把牛羊赶上山。写了检讨，做了保证，便叫他们把自己的牛羊赶回去了。

这些人心里有些乐了：听说周永开厉害，原来不过如此。检讨就检讨呗，我们庄稼人，检讨风吹过，牛儿羊儿养肥了才是实在货，老虎拉碾子——听你那一套。于是一些人头天把牛羊赶回

周永开（右二）和护林联防队员巡山返回途中

去，第二天又重新赶上山去。

周永开早摸准了这些人的心思，他们刚把牛羊赶上山，牛羊就被护林联防队员再次给赶回来关在了龙王塘。同样叫护林联防队员去各组通知人来领回各自的牲畜。

这些人以为还像上次一样，早做好了写检讨的准备。可周永开这次不一样了：除了检讨和保证，再加罚款20元。

一听说要罚款，这些人急了，于是对周永开死缠硬磨，有的人还痛哭流涕，保证不再犯了。周永开一点也不为之动心。无论他们怎么求情、保证，只是一句话，不交罚款别想领走你的牛或羊！一些人从上午磨到晚上，见周永开始终不松口，只好交了20元罚款，愤愤地把自己的牛羊赶走了。一些人还想和周永开死磕，第一天不想交，第二天还不想交，可关在屋子里的牛羊饿了一天多，不断地发出一声声似乎哀求的叫声。那些人心疼自己的畜生，终究犟不过周永开，还是把钱交了。

经过这一次，一些人终于认识到周永开到底不是吃素的，于是真像自己保证中说的，没再把牛羊赶到山上去了。

可有一些人自恃胆大或有点靠山，还想和周永开掰掰手腕，等这事过去几天后，又悄悄地把牛赶到了山上。

这一次，护林联防队员赶回了一头牛，牛的主人是项尔方的亲姐姐。周永开一听是项尔方的亲姐姐违反了禁令，怒从中来，他没有找项尔方商量，一下把罚款提高到了50元。因为事情只有一而再，没有再而三。再则，项尔方的亲姐姐难道还不知道山上不准放牧的禁令？

这时，村上的大多数村民都知道项尔方即将接手村支书一职，于是很多人的目光都聚焦在周永开身上，看他说话算不算话。

在20世纪90年代中期，50元对于花萼山的农民来说可是一笔不小的罚款呀！

博弈的结局可想而知，仍然是周永开赢了！

从此，没人再敢轻易触碰周永开定下的红线了。

当然，周永开的做法，在当时也为很多村民甚至村组干部所不理解。项尔方回忆说："对于罚我姐50块钱的事，当时我心里对周书记肯定有意见！可是我不好直接说，就对他说：'周书记，我们没有行政职能，没有处罚权。我们护林联防队也没有哪个机构授权，我们只有劝，只有批评教育！'周书记听到这里，问我：'我们光劝，他们不听怎么办？不准牛羊上山，宣传多年了，可现在还是老样子。就要处罚，没有处罚不行！'我说：'处罚他们不服，怎么办？'周书记说：'现在不服，以后他们自然就会服了！'说完停了一会儿，他又语重心长地对我说：'小项呀，我知道你对我罚你姐50块钱有意见。可我不这样做，又有什么办法保护好花萼山呢？你是党员，村上这副担子迟早要落到你的肩上，希望你能理解我的一番苦心，多给你姐做些解释工作。待到花萼山保护好了，老百姓都过上了好日子，我周永开再给你姐赔不是。'当时听了周书记这番话，我眼泪倏地涌出来了。"

经过周永开和护林联防队员与那些违规放牧的人这样几轮博弈，赶牛羊上山的行为大为减少，禁牧取得阶段性成效。

心系青山，死而不悔

周永开刚刚把村民们在花萼山上散放牛羊的风气刹住，随着气温升高，4万亩竹林中的新笋露出土面，一场更加艰难的保护竹笋的战斗又打响了。

中国人自古以来就有吃笋的传统。然而花萼山村民们采笋，却不是为饱口腹之欲，更多的是为了卖钱。

楚恩寿回忆说："春笋出土后，是挖笋的高峰期。这个时候，是护林联防队员最紧张的时期，加上周书记强调得又严，护林联防队员真的像打仗一样。护笋和禁牧不一样，一些在山上散放的牛羊被护林联防队员发现了，它们不会和人作对，一赶，它们就会乖乖下山。可人就不一样了，尤其是挖笋的几乎全是女人，她们知道怎么和护林联防队员捉迷藏。即使被护林联防队员抓住了，她们也不会束手就擒，要么一哭二闹，要么耍横撒泼，把背篼篓子全甩了，笋子用刀砍得稀烂。管理所规定挖一颗笋子罚一毛钱，她把笋子砍烂了，你也数不出她究竟挖了多少颗笋子，又凭什么罚她的款？在挖笋高峰的那段日子，护林联防队员在山上几乎天天都要和女人吵架！"

一天早上，护林联防队员又抓到几个挖笋子的女人，一个叫刘子秀，一个叫卢齐华，还有另外两个村民。人笋俱获，护林联防队员把她们连同挖到的笋子，一起带到周永开这儿来了。按照管理所的规定，卢齐华和另外两个村民都认了错，并按每颗笋子一毛钱交了罚款。唯独刘子秀，她说自己没有错，还对周永开说："自古以来，这笋子是我们自己的，我们历来就在挖，你一个城里人来了就不让我们挖，你让我们屋里的锅儿吊起当钟呀？你有钱，你有钱把我们养起来嘛！你把我们养起来我们就不挖！"她不但不承认错误，还说了一通自己的理由，反过来还"教育"了周永开一番。

周永开也是一个"拗相公"，他想：规矩在那儿摆着的，今天对你网开一面，明天对别人又该怎么办？因此，他在心里也下了决心：你不认错，就在这儿坐着吧！

两人就这样僵持起来了。

从上午僵持到了傍晚，周永开有点着急了：要是到晚上她都不承认错误，该怎么办？要是她在我这儿出了问题，或者逼急了寻了短见，那又怎么办？

周永开便写了两张纸条，让李如银赶快下山，送给项尔方和花萼山林业站站长胡明珠。周永开在纸条上写的是：今天抓到几个挖笋子的人，其他三个承认了错误都回去了，剩下一个，拒不认错，还一骂二闹三不依教，速速上山处理！

项尔方接到周永开的纸条后，没有去。因为他知道像这样的事，要严格按规定处理，矛盾肯定要激化，可不按规定处理又不行。再一个，他还有点侥幸心理：说不定还没等他赶上去，那女人已经承认错误回家去了呢。

好在胡明珠接到周永开的纸条，立即赶到花熊坪去了。花萼山林业站是一个政府机构，主要任务是防止村民偷运木材下山，当然也担负一定的护林任务。胡明珠上去了解了刘子秀挖笋子的事后，自然站在周永开一边，先是对她讲政策和道理，然后劝她承认错误，保证以后不再去挖笋子就算了。

好个刘子秀，任胡明珠怎么说，还是那句话："我没有错，有错的是周永开！"把胡明珠气得不行。

时间一分一秒地过去了，蜡烛换了一支又一支，到晚上12点钟，双方还这样僵持着。胡明珠实在忍受不住了，突然站起来又气又恼地说："遇到你这样的人，我也是癫儿的脑壳——没发（法）了。我回去睡觉了！"说完，也不等周永开同意，便气冲冲地跨出屋子，摸黑朝山下去了。

这天，楚恩寿回万源城买东西了，李如银给项尔方送了信后，回家里可能被什么事绊住了，到此时也没回来。胡明珠一走，屋子里就剩下周永开和刘子秀两个人了，周永开有些紧张起来。他想了想，突然心生一计，便朝外面高喊："胡站长，你等一下，我还要给你说点事！"一边喊，一边朝外面走了出去。

其实，周永开知道胡明珠已经走远了，他是想借和胡明珠说事为由，自己躲开，让刘子秀趁机自己回家。

周永开走到离房屋50多米远的一丛灌木后面，这才回转身，看着大门，等待着刘子秀从屋子里出来。

可十几分钟过去了，刘子秀还像定了根似的稳坐在那里。周永开见刘子秀坐着没动，自己也找了一块石头坐下来。又过了十几分钟，周永开的眼皮开始打架，刘子秀仍稳如一尊雕塑。又过了十几分钟，因为寒气上来，周永开不但身子开始发冷，连牙齿也打起战来。再一看刘子秀，不但如刚才那样纹丝不动，而且还睁着两只大眼瞪着门外，似乎在等待什么。周永开终于泄下气来，急忙走了回去，对刘子秀说："你回去吧。"

刘子秀挑衅似的看着周永开道："你不叫我认错了？"

周永开说："不是不叫你认错，是叫你回去想一想，什么时候想通了再认错。"

刘子秀站起来说："想到石头开花马长角那天，我也想不通！"说完，气呼呼地就往外面走了。

周永开等刘子秀走出院子后，才长长地出了一口气。可他又马上想起，折腾了一整天，刘子秀再要强，可人的精力毕竟有限，加上又是晚上，可别在路上出什么问题，于是他立即跑到院子边，对着刘子秀的背影叮嘱道："刘子秀，晚上走路你小心点哈！"

刘子秀没有回答。

周永开还是不放心，他站在院子边上，一直看着刘子秀走下山坡，消失在隐隐的月光中后，这才回到屋子里。

晚上，周永开失眠了。躺在床上，他翻来覆去地想，觉得现在用来对付挖笋子的人的方法，既没有达到竹林不被破坏的目的，也没起到让村民自觉遵守纪律、保护生态环境的作用，反而恶化了干群关系，得想办法改变改变才行。想了半天，他终于在头脑里理出了一条新的策略和思路。

第二天，周永开召集护林联防队员开会。他说："我们现在对付挖笋子的人，主要靠四处去逮人，人赃俱获后，再批评教育和罚款，这个办法有很大弊病。弊病在什么地方？人家把笋子都挖了，即使你逮到了人，竹林还是被破坏了，没起到保护作用。我们护林联防队员的职责，重点是一个'防'字，防是根本，逮只是一个手段。防，就是不让挖笋子的人进山。挖笋子的人一般是天一亮就上山，而我们现在呢，一般在太阳老高了才上山，这时候挖笋子的人把笋子挖都挖了。所以从明天起，我们天不亮就要上山，每个人把守一条上山的主要道路，碰到背背篼篓子、拿铲子镰刀的人，把他们劝回去。我想大多数人是会听劝的，当然，不排除少数人会和我们吵架，可此时吵，也强过等他们挖了笋子被逮了时吵强，大家说是不是？"

众人一听也觉得确实是这样，于是说："可不是。只要不像现在这样天天和群众吵架，叫我们半夜上山都行！"

于是从这天起，护林联防队员每天天不亮就在上山的主要路口把守着，这一招果然很快收到了效果。一些打算上山挖笋的人，看见路口有人把守，便自觉地回去了。还有一些人，听见路口护林联防队员的咳嗽声和说话声，为了避免熟人见面时的尴尬，也打道回府了。当然也不乏一些不听劝想强行上山的人，但最终敌不过护林联防队员的"软磨硬泡"而败下阵来。

上山挖笋的人大大减少了。

不过刘子秀的故事还没完。

"笋子事件"过后不久，刘子秀在万源市人民医院被查出患了癌症，医生叫她住院。她一听患的是癌症，就十分坚决地对医生说："是癌症我就不治了！"说完就离开了医院。

走出来，她叫了一辆出租车就往家里走。出租车开到官渡镇一个叫祝家渡口的铁路桥旁边时，她叫司机把车停下来。她付了车钱，钻出车门，突然回头对司机说："大兄弟，我是花萼山的人，男人叫项尔胜。麻烦你待会儿看见过路人请他们给他带个信，就说他婆娘得了癌症，为了不拖累他们爷儿父子，不想活了，请他到这儿来收尸！"说罢不等出租车司机说什么，几步冲上铁路桥，身子往前一跃，便从几十米高的桥上跳了下去。等出租车司机明白过来，打开车门跑到桥下时，刘子秀已经没气了。

周永开听到刘子秀的死讯时，突然像是被雷击中了似的僵住了，半天没回过神。他万万没想到这个大字不识一个的花萼山村妇，会以这样悲壮的方式结束自己的生命。他突然觉得有些对不起刘子秀，一时心里竟涌出一股交织着内疚、同情、悲悯、哀伤的复杂感情。一连几天，他脑海里都反复浮现出刘子秀的身影。一天，周永开一个人到周围走走，不知不觉来到了刘子秀的坟墓旁边，他立即走了过去，朝刘子秀的坟墓深深鞠了一躬，然后说道："刘子秀，我给你赔不是来了。我没想到你是这样刚烈的一个女人。世上连蚂蚁都珍惜自己的生命，何况人？要不是实在走投无路，你怎么会采取这样的方式去死？你是下了多大的决心，才做出这样的决定呀！我知道，是因为花萼山的贫穷压死了你。我会永远记住你的死，用你的死来激励我改变花萼山贫穷落后面貌的决心。你在天之灵安息吧！"

一番话说完，周永开才怀着十分沉重和哀伤的心情离开。

制止将牛羊赶上山散放和砍树、挖笋，尽管困难重重，但这些行为毕竟在明处，容易被发现，而打野生动物就不那么容易发现了，因为偷猎野生动物的不法行为都发生在夜晚。晚上怎么打？偷猎者头上安一盏白天在山下充满电的探灯，碰到野生动物，比如羚羊、獐子、乌鸡什么的，强烈的探灯灯光射着它们的眼睛，这些能飞善跑的东西便像一下变傻了，愣愣地看着灯光一动也不动，偷猎者趁机扣动手中猎枪的扳机。还有下套子什么的，等等。

一天，李如银悄悄对周永开说："有人跟我说，一组的项中文前天晚上偷偷打了一只羚羊。"

周永开瞪大眼睛问："消息可靠不？"

李如银说："绝对可靠，昨天有人去他家里买了羚羊肉。"

周永开相信了，因为李如银是个老实人，他说有这事，就一定是真的了。

周永开却犯难了：禁猎不比禁牧和禁伐，这偷猎者在暗处，既不容易抓到现行，自己又没有搜查的权力，如果人家死不承认，怎么办？

周永开想了想，又写了一张纸条，叫楚恩寿送到山下，向林业公安派出所报案。

森林公安迅速出动，派出五名民警上山来了。

正如周永开所料，调查很快陷入困境：项中文死不承认自己打过羚羊，民警在项中文家里也没找出任何一点可以证明他打过羚羊的证据。李如银悄悄向民警提供了几个曾到项中文家里买过羚羊肉的村民的姓名，民警找这些人询问，可这些人都像统一过口径似的，一致否认这事。

眼看调查就要无果而终。无论是周永开，还是李如银和楚恩寿，心里都非常着急，因为村民都知道，森林公安是他们叫上山的。如果就这样算了，这山上盗猎的风气会越演越烈，也会让他们今后不好开展工作。

就在森林公安准备收兵的时候，周永开突然发现在围观的一个老汉的烟锅上，吊着一只动物的角。周永开认出那正是一只羚羊的角，再仔细一看，那角竟然还是一只新鲜的羚羊角。周永开一下有底了，急忙和森林公安一起，把那老汉叫到一边询问。在证据面前，那老汉不得不说了实话。原来，那角正是项中文打的那只羚羊头上的——他去项中文家里买羚羊肉，发现那只角丢在一边没人要，他觉得那角很好看，便拿回来吊在了自己的烟锅上。

在人证物证面前，项中文还有什么办法抵赖呢？

《万源林业志》对这一案件作了如下记载："依法打击了官渡镇八村一社项中文非法捕杀国家二级保护野生动物羚羊一只的案件，调查中挖掘出该项非法捕杀捕猎野生动物长达三年之久，家中藏有自制火药枪一支，猎捕工具六副，该项被治安拘留。"

经过这次公安机关对项中文非法捕猎的打击，花萼山的非法捕猎野生动物之风从此收敛了许多。这对周永开和花萼山自然保护区管理委员会来说，又是一次重大的胜利。

如果说，经过一段时间的努力，周永开在一定程度上制止了村民们在花萼山上散放牛羊、乱砍滥伐、乱打野生动物等行为，可要查处那些破坏花萼山自然生态的违法乱纪行为，就显得有些无能为力了。

楚恩寿讲了一个故事——

1995年，花萼山开始修路，就在修路的当儿，庙坡乡那边一个姓石的农民，买了两台大马力的柴油机，在花萼山与庙坡乡交界的百花园，偷偷摸摸砍伐树木加工木料，已经三个月了，每天两把电锯日夜不停地运转，将木料加工成长1米、宽10厘米、厚3厘米的成品进行销售。楚恩寿得知这个消息后，起初还不相信。他想：肯定是反映情况的人夸张了，是谁这么大胆，敢在山上砍伐树木并加工木料？耳听为虚，眼见为实，他决定去百花园看一看。为了给自己壮胆，他还特意借了一把猎枪背上。到那儿一看，楚恩寿真的傻眼了：地上堆满了小山一般的被伐倒、截断的树木。那是什么样的树木呀？是当地非常稀有的榉木，只在花萼山最高的山峰上才有。因为这种树一丛就能发出好几根，当地人就把它叫作"一群羊"。两台大马力的柴油机正"突突"地响着，几个工人正忙着将地上截断的树干往电锯的大口里喂。最令楚恩寿心疼的是，他们只要了最好的木料，那些不到10厘米宽、3厘米厚的木料，都被当成废料扔在一旁。

"那真是让人难过呀！地上的废料和锯末堆积如山。也不知他们砍了多少树，那都是两个人都合围不住的树，很多还是国家列入保护目录的树木呀！"多年以后，楚恩寿想起这事还心痛不已。

楚恩寿气愤不过，过去问他们是些啥子人，砍树有手续没有。那些人却也斜着眼睛反问道："你又是啥子人？"

楚恩寿答："我是花萼山自然保护区管理所的……"

那些人没等楚恩寿说完，便哈哈大笑道："花萼山自然保护区管理所是个什么机构？我们没听说过！"

楚恩寿说："不管你们听没听说过，你们这样砍树是违法的，必须停下来！"

那些人道："要是我们不停下来呢？"

楚恩寿一听这话，就要去关他们的柴油机，那些人立即围了上来。楚恩寿一见，急忙把背上的猎枪取下来端在手中，那些人这才站住了。

对峙了一阵，楚恩寿见这样僵持着也不是办法，便下山了。

恰巧那段时间周永开身体出了一点问题，回达县休养去了。楚恩寿当天从花萼山赶回万源，打电话向周永开汇报了这事。

周永开听完楚恩寿的汇报，心情顿时沉重起来。他想：如此大规模和长时间地毁林，有关部门肯定是同意了的。看样子，只凭他和花萼山自然保护区管理所的力量，是处理不了这起严重的毁林事件的。他沉吟了半晌，才对楚恩寿说："小楚，你去找万源市市长，就说是我周永开让你去找他的。你把这个情况给他反映一下，我明天就回花萼山。你告诉他，他不去处理，明天我拉也要把他拉到山上去！"

楚恩寿照周永开的吩咐办了。

第二天，周永开果然带着万源市市长来到了花萼山。

跟着市长来的，还有万源市和官渡镇、白沙镇等市上、镇上的一大群干部。

到了百花园那儿一看，所有人都惊呆了。看到四周被砍伐得遍地狼藉的森林和码放在地上的一堆堆木材，市长雷霆大怒，大声追问他们是怎么回事，得到了哪个部门的批准。那些人先是支支吾吾，最后拿出了一张砍伐的手续，竟然是大竹镇林业站给他们出的在花萼山与大竹河交界的地方砍伐和加工木材的手续。

市长气得面色铁青，咬了一会儿牙，下令立即拆除机器，林业部门现场收缴所有木料，公安部门依法依规处理。于是乎，这次严重的毁林事件当天便得到了处理。

还有比这次毁林事件更让周永开无可奈何的事。

那就是花萼山上遍布的小煤窑。

那可是一个"家家点火，户户冒烟"的全民"经商"的年代。在大力发展乡镇企业的口号下，花萼山上不仅有奔着4万多亩竹林而去的20多家小作坊式的造纸厂，还有20多家小煤窑。如果说，靠近山顶的20多家造纸厂仅是对那4万多亩竹林构成威胁和污染环境，那么，靠近山脚的20多家小煤窑，不仅给生态环境造成严重破坏，而且危及人民群众的生命安全，其危害远比那20多家造纸厂严重得多！

周永开说："那是什么样的煤井呀？没有科学设计，更没有任何安全措施，随便挖一个洞，用从山上砍来的碗口粗的树撑住穹顶，就开始在里面放炮采煤。采煤方式十分原始，全靠人工凿，运煤还拿根绳子拖，拖出来再用绳子吊下去。那些矿渣，直接往山下面倒就是。"

让周永开心疼的是，那些刚刚成材的松树，被这些小煤窑主砍去做了煤井巷道的支撑。让周永开更揪心的是，这些小煤窑都开在花萼山项家坪、九面天两个村村民上山下山的必经之路上。

楚恩寿回忆说："当时，每年都有过路的村民被从上面倒下来的矿渣砸伤或砸死的事件，甚至发生过矿难。"

周永开看在眼里，痛在心上，一种责任感和使命感油然而生。从1994年上花萼山开始，他就不断向万源市政府和有关部门反映情况，希望他们为了花葶山的生态环境，为了当地百姓的生命安全，关闭花葶山的小煤窑。前前后后，他写了100多封信，可都石沉大海。

周永开还亲自上门去找有关单位。周永开不说则已，一旦开口，便忍不住满腔的怒火，慷慨激昂地质问这些单位的负责人："如果你们连一二十口小煤窑都关闭不了，那政府还有啥用？现在花葶山上村民的生命受到威胁，这么多老百姓的命都抵不上几口小煤窑吗……"

最后，他给达川地区行署副专员写了一封信："专员同志，花葶山上很穷，老百姓很苦，现在这上面建了20多口小煤窑，老百姓进山出山，必须经过小煤窑下面的路，每年都会发生几起村民被从上面倒下的矿渣砸死或砸伤的事件，这是我亲自统计来的。小煤窑不但危及老百姓的生命安全，还对花葶山的自然生态造成严重破坏。我写了100多封信反映情况都无结果……我们的党是人民的党，我们的政府是人民的政府，要为人民多做好事！这些小煤窑该关闭的就关闭！"

或许是这封信起了作用，花葶山的小煤窑消停了一段时间，可不久又死灰复燃了。

这是一场漫长的、不见硝烟却颇为惊心动魄的较量。从1994年开始，周永开用了10年时间，紧咬着花葶山那20多口纠缠着多方利益的小煤窑，锲而不舍地向官渡镇、万源市和达川地区行署以及后来的达州市反映情况。直到2004年，在国家加强自然生态保护、大力整治小煤窑的时代背景下，万源市委、市政府这才彻底关闭了花葶山上的小煤窑。

周永开在花萼山不准村民上山放牧、砍树、打猎、挖笋，又三番五次、锲而不舍地向上级要求关闭小煤窑，无疑触碰到了一些人的经济利益。因此，一些人把他当作一个"癫子"，甚至对他的行为产生了抵触情绪和怨恨心理。

楚恩寿讲了一个故事——

有一次他和周永开下山，走到一个叫"陡梯子"的地方，上面有两口小煤窑。为了防备上面的小煤窑倒矿渣，他们过了河，走到小煤窑下面，楚恩寿一边扶着周永开绕着矿渣小心翼翼往前走，一边亮开嗓子对上面喊："上面倒矿渣的注意了，下面有人过路哈！"

楚恩寿的嗓门大，中气也足，又是在峡谷里，两边山崖的回声也大，上面倒矿渣的人肯定能听见。可就在这时，楚恩寿忽听得头顶一阵"哗啦啦"响，急忙抬头一看，顿时脸吓成了一张白纸：只见从矿井边缘，一车矿渣卷着烟尘滚滚而下。情急之下，楚恩寿见前面几米远的崖壁上有块岩石向外凸起，岩石下面形成了一个很小的凹处，他便用尽全身的力气猛地将周永开往前面一推，接着自己也跳过去，抱起周永开，先把他的头按到那个凹处里，接着自己也努力将头贴进去。楚恩寿当时想的，是先把头保住。这一切都发生在眨眼之间，刚藏好头，一阵渣烟石雨便从他们身边呼啸而下。

好危险呀！石头从他们身边滚过之后，周永开半天牙齿还在打战，脸色铁青。楚恩寿把他扶到安全地带坐了半天，才扶着他慢慢起来走了。

楚恩寿回忆说："我可以肯定地说，倒矿渣的人是故意为之的。倒矿渣的地方是一个剖面，我们在下面走，上面的人完全看得见，再说，我还喊了的，声音那么大，他们又不是聋子，怎么会没有听见？周书记一次又一次向上反映要关闭小煤窑，动了那些人的奶酪。如果周书记那次真的出了事，人家完全可以说没有看见，不是故意的，你能怎么办？"

经过这件事，连楚恩寿都有些害怕了。有一天，当只有他和周永开两人在一起的时候，他便对周永开说："周书记，你得罪的人太多了，要不就不要去提关闭小煤窑的事了？"

可周永开似乎好了疮疤忘了痛，他对楚恩寿说："怎么不提？只要不符合人民利益，有损花萼山的生态环境，我就要提！今年得不到反馈，明年继续写信，直到有结果那天！"

楚恩寿想了想又说："周书记，你这是何苦呢？我们都晓得你是好人，是真正的共产党员，可谁又晓得你的好呢？这个年代好人难当呀！"

周永开听了这话，想了半天，才对楚恩寿说："小楚呀，你知道笋子梁红军十二烈士的故事吧？"

楚恩寿说："我一到花萼山你就在讲，哪个不知道？"

周永开又问："那你说，他们那么年轻，就牺牲了自己的生命，把鲜血洒在花萼山这片土地上，为的是什么？"

楚恩寿一下答不上来。

周永开想了想又说："我再给你讲一个故事。1933年'闹红'的时候，我有个本家大爹叫周作银。这个大爹家里也很穷，和我爹一样，靠给地主老财当丘二维持生计。红军一来，他就起来参加了革命，做了我们那儿的苏维埃干部，打土豪，分田地，动员人们参加红军。后来红军走了，他没来得及和红军一起走，被国民党军捉住了。他们是怎么杀害他的呢？他们用绳子把他双手反绑起来，吊到半山崖上，让他上不着天，下不着地。就这样折腾了几天，把人吊死了。我那时就在心里发誓，等我长大了，一定要为大爹报仇，为惨死的红军家属和苏维埃干部报仇……"

周永开说到这儿，眺望着远处的山峰，过了半天才说："你说说，当时整个大巴山，有多少革命者献出了宝贵的生命呀？这也包括我们花萼山的项中诗烈士呢！"说完，他没等楚恩寿回答，又接着说，"还有我的老师和革命引路人王朴庵，他出生在一个书香门第的有钱人之家，家里开着30多口盐井，每个月响当当地要收入300多块大洋，光房屋就有3幢30多间，要吃什么、穿什么，可以说应有尽有。可他从苏联读书回来后，却冒着随时都可能牺牲的危险，参加了共产党的地下组织，领导川北的地下斗争，你说他又是为了什么？"

楚恩寿更答不上来了。

周永开见了，没再问，却把手放到楚恩寿肩上，拍着说："为了让人民大众过上好日子呀！为了这个目标，无数先烈献出宝贵的生命都在所不惜。小楚呀，和那些先烈比起来，我们今天不过是受点委屈，算得了什么？"

说完，周永开停了一会儿，才又接着说："小楚，你不要怕，我知道你跟着我也受委屈了。现在有些人瞧不起我们，不理解我们，没关系，等我们把花萼山保护好了，让花萼山人过上好日子，后人会记得我们的。"

这话竟然被周永开言中了。

可在当时，谁又能知道老人心里承受了多么大的压力呢？

惊魂枪声

这是一次意外事故！

说意外又并不意外，因为老祖宗早就说过"多行不义必自毙"的话。说不意外却又是意外，因为谁也不会想到。用花萼山人后来的话说，是豌豆滚到磨眼里——遇圆（缘）了。

因为这次事故，周永开和他的"对头"蒋大祥之间的坚冰慢慢被打破。

事故的源头是一把猎枪……

据楚恩寿回忆，那天不但蒋大祥家里出了"豌豆滚到磨眼里"的事，他们同样遇到了巧事——几天前，周永开专门请达川地区林业局的领导和技术员来花萼山规划植树方案。因为植树造林是林业局分内的事，地区林业局局长便在头一天带着包括万源市林业局局长在内的一干人马，跋山涉水地到花萼山来了。晚上一干人马就住在花熊坪周永开那个自发成立的花萼山自然保护区管理所里。第二天老天像是热烈欢迎这批客人似的，早早地就把一张红彤彤的笑脸给挂在了天上，整个花萼山像是沐浴在万道霞光之中。这么美好的天气和景色，让长期住在水泥森林中的局长等人顿时神清气爽，感觉像是换了一个人。吃过早饭，地区林业局局长提议把板凳搬到外面院子里，大家一边晒太阳一边谈事。这个提议得到了众人的热烈响应，于是纷纷将屁股下的凳子挪到了外面院子里。

众人围成一圈，因为还没正式议事，便说了一通这山上风景如何好、呼吸一口空气都是甜丝丝的闲话。地区林业局局长望了望连绵起伏的群山和黑黝黝的森林，高兴地对周永开说："周书记，我们林业局拿3万元钱，你们在后面那座最高的山峰上修一座瞭望台，你看怎么样？"

周永开听了这话，立即说："要是有了瞭望台，我们护林联防队员就不会那么辛苦了。哪儿出了火灾苗头也能立即发现，那当然好哟！"

万源市林业局局长也说："地区林业局如果能为花萼山建一座瞭望台，不但花萼山人会感谢你们，万源人民也会感谢你们！"

就在这时，突然从山下传来"砰"的一声枪响，那可不是一般的枪声，有经验的人都知道，那可是山上特制的专门用来打野猪的猎枪发出的响声。响声犹如地雷爆炸一样，群山震动，回声打着长长的呼哨，在山间久久地回荡。

众人都被这突然响起的枪声惊住了，面面相觑，惊疑地问："哪儿打枪……"

话音未落，从枪响的地方传来隐隐约约的哭喊声。

周永开也被这枪声惊住了，可他没从众人的叫喊声中听出什么，便看着楚恩寿问："声音是从哪里传来的？"

楚恩寿跑到院子边上观察了一会儿，回头对周永开说："哭喊声像是从蒋大祥家传来的。"

周永开像是意识到了什么，立即对楚恩寿说："小楚你年轻，快去看一看！"

楚恩寿什么也没说，便朝山下冲了下去。

果然是蒋大祥家出事了。

楚恩寿跑到蒋大祥家时，首先映入眼帘的是蒋大祥的小儿子蒋宁波蜷缩在地上不断抽搐，地上是一摊鲜血。蒋大祥的老婆在儿子身边跪着，口里翻着白沫，半天才发出一声凄厉的呼唤。蒋大祥蹲在地上，埋着头，从两个膝盖中间发出"嗡嗡"的抽泣声。还有蒋大祥快满90岁的老父亲，满脸涕泪横流，嘴里却发不出哭声，只偶尔用苍老的声音唤一句："我的孙呀！我的孙呀！……"

屋子中间，横着那把肇事的猎枪。

在满屋子凄怆的空气中，还弥漫着浓厚的火药味道。

那些听见枪声赶过来的邻居，一些人进屋看了一眼，就被这凄惨的场面吓得退了出去。一些留下来的，虽然心里充满了同情，却也不知道该怎么办。有的甚至还对蒋大祥说："没救了，等着给娃儿办后事吧！"

楚恩寿走到蒋宁波身边看了看，发现被枪打的位置在左边肚皮上，虽然肚皮被打穿了一个洞，但没有伤到要害位置，便大声说："这娃儿还有救！"说完，他踢了蒋大祥一下："不要光顾哭了！家里有莫得干净的白毛帕，给我拿两根来！"

平时不可一世的蒋大祥早被吓蒙了，半天都没从地上爬起来，也不回答楚恩寿的话。

倒是蒋大祥的老父亲清醒了一些，急忙冲楚恩寿说："有，有！"一边说一边找去了。

没一时，蒋大祥的老父亲拿来了两条干净的毛巾，楚恩寿接了过来，又叫过来两个年轻些的邻居，对他们说："我在部队学过急救，现在你们听我的，这娃儿有救！"

说着，他将毛巾叠成三层，堵在蒋宁波肚皮的洞口上，将血暂时堵住。然后又问蒋老头有没有白酒，蒋老头又从屋子里拿出半瓶酒来，楚恩寿将酒喷了一些在毛巾上，然后用一件干净的衬衣，将蒋宁波的肚子紧紧缠住。

这时，周永开也赶了下来，一看伤者这种情况，早已忘记了和蒋大祥的恩怨。他走到楚恩寿身边关切地问："小楚，情况怎么样？"

楚恩寿说："周书记放心，这娃儿老天爷保佑他，没伤到致命的地方，赶快找人绑个滑竿送万源医院去！"

周永开立刻把项尔方叫来，让他安排了几个人去砍了两根树棒棒，用绳子绑扎了一个简易的担架，然后叫蒋大祥抱了一床棉被铺在上面，再将蒋宁波抱了上去。

可在抬起蒋宁波要走时，蒋大祥突然哭了起来，原来他手里没有一分钱，蒋宁波即使抬到了山下，没钱进不了医院又怎么办？

周永开听了这话，摸了摸自己的几只口袋，忽然像是有些歉意地对楚恩寿说："救人要紧！小楚，我身上没钱，你身上有多少钱？有多少你就给多少！"

因为地区林业局局长一行要来，楚恩寿前两天到万源取了3000块钱备用，当天买菜和买其他东西花了1000元，口袋里正好还有2000元现金。他马上从衣兜里掏出钱来交给了蒋大祥，说："先去入院，钱不够就找人回来跟我说！"

蒋大祥嘴唇动了动没说什么，颤抖着手将钱接了过去。

蒋宁波被抬走后，周永开才向蒋大祥的老父亲追问他孙子是怎么受伤的。蒋老爷子起初不愿说，过了半天才哆哆嗦嗦地把事情的经过说了。原来，蒋大祥前几天晚上出去打野猪，因为野猪皮厚，一般的霰弹打不透野猪的皮，因此蒋大祥在枪里面装了"麻子"。所谓"麻子"，就是把那种拇指粗的钢条截成两厘米左右的菱形钢节然后填进枪膛里，再填进霰弹和铁砂。这样，皮再厚的野猪，也顶不住蒋大祥的猎枪。

也许是上苍有好生之德，也许是蒋大祥的运气太差，他在山上转悠了几晚上，连野猪的毛也没见到一根。

这天天亮时，蒋大祥有些垂头丧气地回到家中，或者因为疲劳，或者由于麻痹大意，他顺手将装满"麻子"、杀伤力非常大的猎枪往墙壁的钉子上一挂，就去睡觉了。

可没想到的是：猎枪挂倒了。

吃过早饭，蒋大祥看见屋子有些脏，想去拿靠在墙壁上的扫帚来扫地，碰到墙壁上倒挂着的猎枪，不知是那挂猎枪的钉子松了还是怎的，那猎枪掉了下来。就在猎枪落地的那一瞬间，突然"砰"的一声响了。蒋大祥费尽苦心制作的那些"麻子"，不偏不歪地射在了小儿子蒋宁波的肚皮上……

楚恩寿用沉重的语气讲完蒋大祥家里发生的这件事后，又接着说："这一年，蒋大祥的运气确实不好。头年春天他悄悄把牛赶到了山上，可到了冬天没回来。蒋大祥一家着急也没用，因为大雪封了山，没法出门。直到春暖花开，一家人才到山上去找。可山那么大，一家人又没有个具体的目标，只有一座山一座山、一片树林一片树林地去搜寻。这一找就找了半个多月，牛最终是找到了，却只剩了一堆白森森的骨头在那里。也不知那牛是被什么咬死的，还是从上面岩上滚下来摔死的，估计死亡的时间不是头年夏天就是秋天。为了找牛，一家人把农时都误了。等他们回来时，别人地里的苞谷苗都有筷子那么高了，他家里的地还是一地荒草。一家人急忙去把地拾掇出来，正要往地里撒种的时候，却发现家里连一粒肥料也没有。这天，也许蒋大祥实在是被逼得走投无路了，把他快90岁的老父亲支使到山上来，向周书记和我借点钱去山下买化肥。周书记是个离休干部，并没有多少钱，有点钱也用在了给护林联防队员发工资和在山上的生活上。我手里倒是有点钱，可因为蒋大祥骂周书记和我，我心里有气不愿借给他。倒是周书记这个人是个糯米心肠，见不得别人给他哭穷，一见人家那么大的年龄爬到山上来给我们'下话'（低声下气求人），就叫我身上如果有钱，就借点给他。听了周书记的话，我掏出500块给了他。"

后来，就发生了蒋宁波在自己家里被父亲亲手装的猎枪枪弹打伤的不幸事故。

可是，比起儿子的不幸来，蒋大祥自己的人生结局，更是花萼山谁也没想到的。

那时，蒋大祥的三个儿子除了蒋宁波年龄稍小一点，老大老二都近30岁了，可都是庙门口的旗杆——光棍一条。在这山上，不但没有姑娘愿意嫁上来，连山上的姑娘也一个一个往山下嫁，何况蒋大祥在山上的名声不好，家里又穷，即使有姑娘，谁又愿意嫁到他家呢？

按照农村人的观点，儿子只要还没有成家，父母就算没尽到责任，因此蒋大祥两口子着急呀！

他们在心里把山上所有的姑娘一一筛选了一遍，发现有一个姑娘刚好成人，还待字闺中，适合做他们的儿媳妇。

这姑娘叫蒋银秀，她的父亲叫蒋大才，就住在蒋大祥家的房子下面。

农村都有"同姓不开婚"的伦理风俗，蒋大才和蒋大祥虽不是亲房，但好歹也是一个祖宗下来的堂兄堂弟，蒋大祥怎么打起了蒋银秀的主意呢？

原来蒋银秀是蒋大才夫妇从山下抱养来的。因此蒋大祥认为蒋银秀虽然姓蒋，却并不是蒋大才亲生的，他儿子娶她没有违反什么伦理道德。

同时，蒋大祥觉得只要他提出将蒋银秀嫁给他儿子的要求，蒋大才两口子一定不敢反对，因为这两口子都是杠子都压不出一个屁来的老实疙瘩。

于是，蒋大祥信心满满，找了一个媒人去蒋大才家里提亲。

可令蒋大祥没想到的是，平时像面团一样软弱的蒋大才两口子竟一口否决了，说孩子还小，即使嫁，也不会嫁到山上。

蒋大祥平时霸蛮惯了，一听蒋大才拒绝了他们的提亲，一下生起气来，他对媒人说："你再去给他说，他女儿反正不是他生的，我儿子娶他女儿也不犯法。他答应要答应，不答应也要答应，不答应我抢也要把他女儿抢来当我的儿媳妇！"

媒人听了这话，说："这话我不得去说，要说你自己去！"说完一拍屁股就走了。

蒋大祥果然亲自去蒋大才家里提亲了。

没想到蒋大才两口子的态度还是和先前一样，没等蒋大祥把话说完就拒绝了。

蒋大祥在蒋大才两口子面前碰了钉子，但他不服气，便把自己死缠烂打的"功夫"用上了。之后便三番五次到蒋大才家里威胁，公开喊出了不答应抢也要抢来的话。蒋大才两口子知道蒋大祥蛮横霸道，生怕女儿遭到不测，以后一见蒋大祥来了，便叫蒋银秀从后门跑出去躲起来。

蒋大祥去过蒋大才家几次，都没见着蒋银秀，更加恼羞成怒。这一日蒋大祥喝了酒，仗着酒劲，又踉踉跄跄地往蒋大才家去了。正碰上蒋大才家吃午饭，蒋银秀来不及逃走，被蒋大祥堵住了。蒋大祥一见蒋银秀，嘴里一边咕咕哝哝说着酒话，一边伸手去抓蒋银秀。真应了兔子被逼急了也要咬人这句古话，平时懦弱可欺的蒋大才夫妇见蒋大祥真来抢自己的女儿了，一下急红了眼，两口子立即操起墙角的两根木棒，劈头盖脸地就朝蒋大祥打去。蒋大祥本来喝了酒，有些站立不稳，又猝不及防，被蒋大才一棒打在头顶上，脚底踉跄了一下，仰身就倒在蒋大才家的火塘里，衣服裤子"噗"的一下就燃烧起来。

蒋大才两口子一见，吓住了，立即丢了木棒，去把蒋大祥从火塘里扯出来，用水浇灭了他身上的火。

等浇灭了火一看，蒋大祥已是口眼紧闭。蒋大才两口子这才急了，连忙去找了人来将蒋大祥往山下医院里送，才抬到半路，蒋大祥就断了气。

蒋大祥就这样结束了自己的一生。

蒋大才过失致人死亡，自然也受到了法律的惩处，但已无法挽回蒋大祥的生命了。

和听到刘子秀的死讯一样，周永开听到蒋大祥的死讯后，先也是惊得说不出话来。可片刻之后，他突然猛地一拳击在桌子上，像是非常气愤似的大叫了一声："法盲，法盲，真是法盲！……"

可叫着叫着，周永开的手却无力地垂了下来，叫声变成了喃喃自语："悲剧，真是悲剧呀！……"

楚恩寿见周永开激动的样子，担心他出什么问题，便道："周书记，人死都死了，你着急也莫得啥子用。再说，蒋大祥也是木匠戴枷——自做（作）自受。都啥子年代了，人家姑娘不愿嫁他儿子，他还要去抢亲，不是咎由自取吗？"

周永开没有立即回答楚恩寿，一屁股在板凳上坐了下来，半天才用十分沉重的口吻对楚恩寿说："小楚呀，这本来是一场不该发生的悲剧呀，可为什么又发生了呢？你想想，假如山上不是这么穷，假如有姑娘愿意嫁到这山上来，或者说这山上的小伙子都能娶上媳妇，这个悲剧还会发生吗？"

楚恩寿像是被周永开问住了，他有些目瞪口呆地看着周永开，没有回答。

周永开见楚恩寿没答话，又看着他缓缓地说："小楚呀，虽说蒋大祥骂过我们，可我现在一点也恨不起他来。我恨的是我自己！刘子秀因为治不起病跳了铁路桥，蒋大祥因为儿子娶不上亲付出了生命的代价，这一个一个的悲剧说明了什么？说明我们欠老区人民的。小楚呀，你知道当年万源保卫战中，有多少万源人民或参军或支援红军战斗的吗？我告诉你，当年全万源还不到20万人，就有8万多人直接或间接参加了万源保卫战！如果没有这8万万源人民参加，万源保卫战是根本不可能取得胜利的。可是，可是……"

说到这里，周永开的眼睛湿润了，喉咙也像有什么堵塞了似的有些哽咽起来。

楚恩寿见状，立即过去劝道："周书记，你也不要太难过了。你在离休后放弃城里的生活，来到花萼山顶着各种压力保护山上的生态环境，为老百姓寻找致富之路，已经尽到了自己最大的努力。你把心剖开，都是可以见得天的……"

楚恩寿话还没完，周永开急忙对他挥了挥手，然后大声说："不，小楚，我们绝不能让刘子秀、蒋大祥的悲剧在花萼山重演。花萼山不改变面貌，我周永开就白背了一个共产党员的称号，我死了也不会瞑目！"

听了这话，楚恩寿再也没说什么。他还能说什么呢？跟了周永开这么长的时间，他相信周永开能做到，因为周永开是真正的共产党人！

回头再说说蒋宁波伤愈后回到花萼山的故事。

诚如楚恩寿所说，蒋宁波伤在肚皮，并无大碍，送到万源市人民医院，医院立即组织手术。手术后只住了十多天院就出院了。回到花萼山后，蒋大祥对周永开和楚恩寿的态度开始转变，不但不再骂周永开，有一次还拉周永开到家里住了一晚上。最富戏剧性的还是蒋宁波，小伙子在山上凡是他父亲写过"周永开是癫子""楚恩寿、李如银是周永开的狗腿子"的岩壁上，又去恭恭敬敬地写上"周永开是天大的好人""楚恩寿、李如银也是好人"的标语。

楚恩寿说："蒋宁波伤好出来后，非常感激我们，对周书记也很好了。逢人就说是周书记和我救了他的命。现在他在外面开大货车，我还有他的电话，逢年过节他都要主动给我打个电话问好，这娃儿懂得感恩呢！"

第四章

春风化雨

一枝一叶总关情

　　蒋大祥家猎枪走火伤人的事件发生后，一连好几天，周永开又像才上山时一样，经常一个人坐在树下，面对着眼前的树木和花花草草陷入了一种发呆和冥思苦想的状态中。楚恩寿和李如银有了上次的经验，知道周永开一定又在思谋什么，所以除了叫他吃饭，其他时候尽量不去打搅他。果然，一天，他像是考虑成熟了，突然对楚恩寿和李如银说："小楚，小李，你们说说，经过我们前段时间的努力，现在山上砍树、打猎、放牧、挖笋的现象，是不是少多了？"

　　周永开的话刚完，楚恩寿立即说："秃子头上的虱子——明摆着，现在护林联防队员和村民吵架的次数都少多了。"

　　李如银也说："可不是，现在违反'五条禁令'的人是直线下降。"

　　周永开一听，很高兴，说："是，我们保护生态环境有了成效，但前段时间我们不许村民上山砍树、放牧、打猎、挖笋，可以用一个字来形容，就是'堵'。就像水渠一样，堵是堵住了，可水没排出去，最后还是要溃坝。我们保护花萼山的目的是让老百姓过上好日子，不能让他们的利益受到损害……"

　　听到这里，楚恩寿忽然怀疑地问："你的意思是，他们还是可以上山砍树、放牧、打猎、挖笋了哟？"

周永开挥了一下手，坚定地说："走回头路那可不行！我还是那句话，不能牺牲长远利益来换取眼前利益，花萼山一定要保护好，绝不能半途而废！"

楚恩寿有些不明白了："那你说还有啥子办法？"

周永开朗声道："堵住一条路，必须为花萼山的群众开辟出另一条路。只有帮助花萼山的村民找到其他经济来源，他们才会彻底放下砍树、打猎、挖笋等念头。从现在开始，我们要开始第二阶段的行动，就是拔穷根。不拔掉穷根，我们在花萼山上所做的一切，都是白做的！"

李如银一听这话，急忙问："周书记，用啥子方法拔穷根呢？"

周永开（左）和花萼山的村民

周永开说："具体的，我还没完全想好。不过从现在起，我们得改变一下工作方法。现在老百姓已有一些自觉维护生态环境的意识了，我们要主动和老百姓搞好关系。只有关系融洽了，我们才好开展下一步工作。"

果然从这一天开始，周永开一改过去的工作方法，过去他只要一看见村民，就给人家上"政治课"，现在一见村民，他先是问吃饭没有，吃的什么，然后问地里的庄稼怎样，施过肥没有。等得到村民的答复后，他又用叮咛的口气说："我们是庄稼人，庄稼人首先要把地种好，多产粮食。家里有什么困难就说一声，我能帮就帮一点。"

这话说得亲切，听的人十分感激地频频点头，老实本分一点的村民就会说："莫啥困难，现在的日子虽然还有点苦，但比过去好多了，我们怎么能给你添麻烦？"

可也有那么一些村民家里真有困难，便也巷子里扛竹竿——直来直去地说："哎呀，要说家里的日子，我都不好给周书记开口。娃儿他爹心口痛的病前几天犯了，也没钱去医院看病，拖到现在还喊痛。一家老少，几个月都没有见到过油星星了，大人不吃不要紧，可娃儿正是抽条长身体的时候呀……"说着，还背过身去擦一下泪。

周永开眉头不由得打起了疙瘩，问："真的呀？"

那人说："有半句假话，天打五雷轰！"

话刚完，周永开就说："有病不治怎么行？"说着，就从口袋里掏出50块钱，递到那人面前："我也没多的钱，这50块钱，你先拿去给家里那口子看病，如有剩下的，再买点肉回来给孩子打回牙祭。"

那人一见，惊得后退了两步，才说："这怎么行，周书记！"

周永开说："怎么不行？拿去！"

那人见周永开是真诚的，这才一边嘴里千恩万谢，一边哆嗦着手把钱接了过去。

这事就慢慢传开了。

周永开再看见村民问人家还有什么困难时，开始向他叫苦的人就多了起来。有说家里孩子病了没钱看病，现在还在床上发烧的；有说家里没钱买盐，嘴巴都淡得溚臭（很臭）的；有说家里因为买不起煤油，一连几天晚上都打黑摸的……周永开越听越可怜，没等他们说完，就掏出钱包。没盐吃的那个20块，拿去买盐；没煤油的那个30块，拿去买几斤煤油，黑灯瞎火不点灯，把人碰伤了怎么办；孩子病了的那个50块，孩子是大事，祖国的未来，马上把孩子送到医院去……

楚恩寿渐渐地觉得事情有点不对头，便对周永开说："怎么对你叫穷的人越来越多了？大家现在都摸到了你的脾气，只要对你叫穷，就能得到你的钱。不能再这样下去了，凡是来对你叫穷的人，今天30块，明天50块，你有多少钱给？"

周永开确实没有多少钱了。这期间他已经回过达县两次，从老伴手里拿了好几千块钱，现在已经所剩无几了。

可他压根不相信楚恩寿的话，说："难道说他们是来骗我的？这怎么可能呢！谁会好端端的连脸面都不要来哭穷呢？"

楚恩寿见周永开不愿相信，便道："周书记，你不信，就等着看吧！"

果然没多久，项尔方来对周永开说："周书记，你不要再相信那些村民哭穷的话了。他们是看你这个人心软，一哭穷就给他们拿钱，所以一个一个地都来向你哭穷了。这山上虽然日子不富裕，可也不至于连盐都吃不起，煤油都点不上。即使真有这样的家庭，那也是一时的，你一给就是三十五十的，反倒滋生了他们的依赖思想！"

周永开这才相信了，对项尔方说："原来还真是这样。我是真心真意想为大家办点好事，可没想到成这样了。"

晚上，周永开对楚恩寿说："小楚，明天你下山去找余书记，请他帮忙买两吨尿素。"

楚恩寿一下愣了："买那么多化肥干啥子？"

周永开这才说："这山上的村民，日子确实不好过，到我这里来哭穷，也是情有可原的。我仔细想了，还是要帮助他们。这次我想给每户村民送一两包化肥，让大家发展生产，家家都受益。"说完又问楚恩寿："你看见没有，春上，蒋大祥家里因为找牛误了农时，苞谷比别人种得迟，可因为你借给他钱买化肥，他只比别人家多施了一遍尿素，现在苞谷比别人家长得好。对不对？"

周永开又接着说："这山上因为土质薄，产量本就比山下低，加上老百姓没钱买化肥，产量就更低了。所以我们第一步，就是让老百姓先把土地的功能发挥出来，能增产多少是多少……"

楚恩寿马上又问："两吨化肥，不够全村每家每户送呀？"

周永开摇了一下头："我们就先送花熊坪的村民吧。我们住在这儿，麻烦人家最多，结怨也最多，先给花熊坪每家送两包，以后再说全村的事吧。"

楚恩寿迅速在心里算了一下，尿素虽然只二三十元一袋，但每户两袋，加起来也是一笔不小的开支了呀，便皱着眉头没有回答。

周永开看出了楚恩寿的心思，便说："小楚，钱我来出，你尽管去办！"

楚恩寿接着问："周书记，你哪来的钱？"

周永开说："我没有钱，还有老伴的退休金嘛，这点你不要担心了，只管去办好就是！"

楚恩寿见周永开说得很坚决，便不再说什么了。

第二天，楚恩寿去万源城里找到余世荣，把周永开交代的事情给他讲了。余世荣帮忙买到了两吨尿素。

化肥买了，还给拉到了官渡镇通往花萼山的路口，可怎么弄上山却麻烦了，因为那要全靠劳力背上山去呀！几十包化肥，谁来背呢？

最后，楚恩寿只得将化肥在山下就分好，让每家每户自己来背。

一袋尿素差不多100斤，村民背起爬山，虽然累，但心里还是高兴的。两吨化肥很快就背回山上了。

楚恩寿回忆，后来周永开又让他去找余世荣买了两吨化肥，以后每年每家都要送一两包，家庭困难的就多给两包，光花熊坪周永开前后就送出了八吨化肥。

周永开的化肥没有白送，花熊坪得到化肥的村民，看见周永开都开始笑着跟他打招呼了。

这天项尔方来到周永开这儿，对他说："周书记，村民让我来对你说，感谢你给大家送化肥！"

周永开听了这话，对项尔方说："你给大家说，这点事不值得谢。"说完又问项尔方："小项，你再帮我想一想，村上还有哪些事可以让大家都受益？"

项尔方想了想，说道："周书记，这些年来，山上基本没有什么文化生活，村民很多年都没看过电影了，如果你还想给大家办一件人人都能受益的事，我建议你想办法让电影放映公司来山上放一场电影，一则活跃山上的文化生活，二则我们也可以趁机在放映前宣传一下保护花萼山的道理。"

周永开一听这话，高兴得拍了一下大腿，叫道："好主意！这山上既没电视，也没广播，连我都要闷出病来了。这建议好，建议好，我这就落实。"

可是，这个放场电影的希望差点落空。当余世荣接到周永开请求他协调万源市电影发行放映公司到花萼山放映一场电影的信后，他立即把电影发行放映公司的经理找到办公室商量。经理还没把余世荣的话听完，便把头摇得像拨浪鼓一般，连声说："不行，不行，这任务我可没法完成。"

余世荣问："为什么？"

经理说："自从农村实行联产承包责任制后，各乡镇的电影队都撤了，那些小型放映机也早当废铁卖了，电影院的设备又都是固定的，怎么抬得到山上去，确实是巧妇难为无米之炊呀！"

余世荣听了这话有些生气了："全市几十个乡镇，难道一台放映机也没留下？花萼山上没有任何文化生活，群众只盼看一场电影。我们在城里，卡拉OK厅、游戏厅、电影、电视，要什么有什么，难道花萼山的群众这么一点需求都不能满足？我不管那么多，你去想办法，一定要让花萼山的群众看场电影！"

经理没办法了，只得回去往各乡镇一一打电话，询问哪个乡镇还保存有过去放映队的电影放映机。终于在黄钟镇打听到他们那台放映机还堆在镇政府的杂物间里，可已经锈迹斑斑，不知能不能用了。

经理立即找人去把那台蒙着厚厚灰尘的已经生锈的放映机拉了回来。

那是一台16毫米的小型放映机，经理如获至宝，立即找来技术人员将机器部件卸下来，该清洗的清洗，该上油的上油，然后重新组装起来。

谢天谢地，那机器竟然还能放映。

那真是花萼山一场文化盛宴呀！大集体时代，花萼山人虽然看电影的时候也不多，可每年公社的电影队总要来放映一两次，但自从1982年包产到户以来，花萼山人已经有十多年与电影绝了缘。一听说周永开从山下请了电影放映队来放电影，整个花萼山一下沸腾了起来。人们奔走相告，放映那天晚上，还没到天黑，整个山上的人就扶老携幼地来了，人们叫着、跑着、跳着，仿佛过节一般。

原定只放一晚上的电影，竟然连续在花萼山放了三个晚上，每天晚上都坐得满满当当的。周永开趁机让放映员将他两年前在项家坪村党员大会上给大家描绘过的花萼山蓝图绘制成幻灯片，他在放映电影前热情洋溢地为村民进行了讲解。三个晚上过后，群众心里的劲儿一下有了，真的感觉到生活充满了希望。

于是，周永开抓住村民重新焕发出精气神的机会，开始了下一步的行动。

不达目的誓不休

不久，周永开回达县去了一趟，等他再上山时，身边又多了一个笃实健壮、面孔黑糙、满手茧巴的汉子。众人都很疑惑：难道这是周永开的乡下亲戚？直到第二天他让项尔方把村民召集起来开会时，大家才知道这是他从巴中老家请来的一个种魔芋的能人。

周永开在会上对村民说："我们项家坪村只有两个组才有一点水田，其余的田地只出苞谷、洋芋，苞谷、洋芋的产量也很低。一年四季，我们都只能靠苞谷、洋芋来填饱肚子，山下的人说我们山上的人放个屁都是苞谷、洋芋的味儿，所以说我们山上乡亲们的生活很苦。这种情况我们要改变，不能单纯靠传统的种植模式来维持我们的生活了。现在上级号召我们要大力调整农业生产结构，我们花萼山也要调结构。怎么调？就是把我们传统农业中那些产量低、赚不到钱的淘汰了，换成产量高、来钱多的项目。所以我从老家请来了这位魔芋老师，来山上教大家种魔芋。魔芋能降血糖、降血脂、降血压、减肥通便、开胃防癌，好处很多。现在城里人吃火锅，少不了魔芋，所以不但现在行情好，以后发展前景也很好。这两天我到巴中去了解了一下，他们那里种的白魔芋，一亩就要产3000多斤，如果种花魔芋，每亩还要多产1000多斤，家家户户都发财了……"

讲到这里，周永开意识到冷落了旁边请来的客人，于是说："我讲的如果大家不信，下面请魔芋老师给你们讲。他家里的地不但全种了魔芋，还把别人不种的地也拿来种了，他在巴中被称为'魔芋大王'。现在听他说说，大家就相信了！"

说完，周永开举起手，示意大家欢迎，众人一见，都鼓起掌来。

掌声一停，那"魔芋大王"便滔滔不绝地讲了起来。众人没想到，这人看似木讷，可说起话来却井井有条，看来像这样传经送宝的机会他经历了不少。

"牛皮不是吹的，火车不是推的，周书记说得一点没错！种魔芋并不复杂，甚至比种庄稼还要简单，既可以单独种，也可以间种，也不需要施多少肥，管理也很简单，甚至还不像苞谷那样需要经常去锄草、施肥。它是个懒庄稼，但产量很高，种的时候这么大，收的时候却能长到这么大！""魔芋大王"边说边用手比画。

说到这里，"魔芋大王"话锋一转，又从魔芋转到另一边去了："我来这山上一看，发现这儿不但可以种魔芋，还可以种淮山。淮山既可入药，也可以吃，一年就能长这么粗、这么长，也是很来钱的！大家为啥子不种呢？"

接着，"魔芋大王"绘声绘色地把种魔芋和淮山的好处及种植方法对众人讲了一遍，直讲得口干舌燥了才停下来。众人的模样看起来也听得很认真，并且露出了羡慕的样子，可等客人讲完，周永开打开本子准备统计哪些人愿意种植时，众人却都把头扭到了一边。

周永开见没人报名，便一个一个地点名问，被点到名的人被逼不过了，便道："周书记，我们祖祖辈辈都没种过魔芋。这位老师讲得好听，但不知道能不能落到地。你让他们种起看看，我再种吧！"

几乎每个被点到名的人都这样回答。

师傅都请到田间地头了，但大家却不为所动，周永开有些愠怒："我大老远地把老师请来教大家，难道你们还认为我们是卖狗皮膏药的？"

项尔方见周永开生气了，这才说："周书记，你也不要生气。这山上的人，祖祖辈辈就知道种苞谷、洋芋。这淮山嘛，大家倒是见过的，长在石头缝缝里，长得相当慢，至于魔芋，大家见都没见过！大家对没见过的东西有怀疑也是可以理解的，因为山上的土地只有那么一点，如果种失败了，明年吃什么？大家说得也是，今年我们先找一户人家试点，如果成功了，明年不用你说，大家都要跟着种了！"

周永开一听这话，也觉得有理，便问谁愿意试种。

没人答应。

最后周永开点名了："李如银，你来种，失败了我负责赔你！"

李如银长期跟着周永开，见周永开点了自己的名，还有什么好推辞的呢？

于是李如银拿出自己的地，在"魔芋大王"手把手地指导下，开始种起了魔芋。从春到秋，这个花蕚山的"外来户"长势都很好，茎叶一片葱绿，过路的人都忍不住朝地里瞅上一眼，心里也孕育起了来年自己的希望。

一入秋，魔芋的茎叶开始慢慢发黄，最后完全倒伏，这标志着魔芋的收获期到来了。李如银开挖魔芋那天，村里的很多人都跑了来。可大家一看，全都傻眼了：那魔芋栽下去时有拳头那么大，可现在挖出来的，还是只有拳头大——大半年时间，这家伙只吃饭不长个儿！

那"魔芋大王"也不知怎么回事，只恨无地缝可钻，羞得灰溜溜地走了。

众人都庆幸当初没听周永开的话，不然就倒霉了！

周永开更是感到无颜面对花萼山的父老乡亲。可他心里又很不服气：在巴中老家，他可是亲眼见到大家种魔芋取得好收成的呀！

周永开不甘心，去请了达县地区农科所有关专家来取了山上的土回去化验，结论很快出来了：这山上的土和周永开老家的土不一样，魔芋在这儿有些水土不服，因此只傻长叶子不长个儿！

周永开一下明白了，在山上调整农业产业结构，还得因地制宜。

周永开在心里发誓，东方不亮西方亮，他即使失败一百次，也要为乡亲们找到一条致富之路！

这次他把目光盯在了本地的中药材上。

花萼山因盛产贝母、天麻、大黄、党参、柴胡等名贵药材，又被呼为"药山"。但即使这样，周永开也没贸然行动，因为这些药材虽然都是花萼山土生土长的特产，但一直是在山上野生野长，现在要想人工大面积种植，还不知行不行。周永开吸取了种魔芋的教训，他跑了一趟北京，把中国农科院及省上农科院的专家都请到花萼山来帮他把关。专家们把花萼山的气候、土壤、环境等仔细研究了一番，答复周永开完全可以在山上发展中药材。

得到专家们的肯定，周永开的信心立刻足了，立即又找大家来讨论。他说高山出好药，花萼山野生药材这么多，所以叫"药山"，但只有野生的，现在把野生的变为人工来种植，不愁不成功。说完他又把专家的话告诉了大家。众人几乎天天都在和野生药材打交道，这次不像上次种魔芋时那么怀疑了，都表示可以按专家说的方法试一试。那时候党参在市场上价格高，每斤卖到了七八块，大黄次之。周永开就决定先把这两种当主导产业，号召大家种。于是一个种植中药材的高潮在山上掀起了。

果然，两年后，山上育苗移栽的党参种植户种植的党参获得了好收成，而这时党参的市场价比才种植时每斤又高了一两块钱。一个个种植户卖了党参回来，全都变成了笑佛爷似的。

而种大黄的人也没吃亏。大黄的价格虽然比党参低，但大黄是一个"懒庄稼"——种子撒到地里管都不用管它，只管成熟后去收就行了。这非常适合缺劳力的家庭种植。

党参、大黄种植成功，为花萼山村民发展经济蹚出了一条路子，村民的收入也芝麻开花——节节高了。他们的眼界、思路也变得开阔起来，不再盯着砍树、挖笋那点蝇头小利，而是着重在自己的种植上大展身手了。

周永开终于为花萼山的农民找到了一条致富的路子，他心里是高兴的，但他并没有满足。花萼山还有一个宝贝，如果大家掌握了种植这个宝贝的秘密，那花萼山人才真正能过上幸福美满的小康生活。

这个宝贝就是驰名中外的花萼山萼贝。

关于万源花萼山萼贝，《万源县志》是这样介绍的：萼山尖贝"花似灯笼叶似韭，五月开花六月朽"。老农介绍："将萼贝碾成粉末，挑少许于痰中，即化为水。"由于产量极低，被视为珍品，供销社很少收到，均系民间上山找贝，相互传递成交，价格昂贵，每粒一元左右（20世纪六七十年代的价格）。不少人特别是肺疾病人，传书捎信，托人到花萼山农家重金购买，故有"川贝甲全国，萼贝冠全川"之说。

万源当地党委、政府从20世纪80年代开始，就想将萼贝进行人工种植，组织了很多科技人员进行技术攻关，可这宝贝也太不给人面子了，只要把它从海拔2000米以上的花萼山顶部移栽到海拔1700米左右的项家坪来，无论人们怎样像对待先人一样小心翼翼地服侍它，它都无法存活生长。连同一座山移栽都是这样，更不用说移到别处去栽培了。

周永开知道要想在花萼山人工种植萼贝困难很大，因为先前那么多科学技术人员都没有攻下这个难关，他周永开又不是神仙，掌握着什么天机和秘籍。可他又有些不甘心，既然这不起眼的小草在海拔2000米以上的地方都能长，而移到海拔2000米以下的地方却不能长，那么这就说明问题可能出在气候、土壤和生长环境上。他决心弄个明白。

在周永开到花萼山以前，山上有个叫李秀全的人，这个人原在山下四组住，但他后来放弃山下的房屋不住，却一个人搬到山顶，垒了一座石头茅草房子住。起初大家以为李秀全神经出了毛病，那山上怎么能住人？可后来慢慢发现，李秀全在山上把寻到的野生萼贝都移到一处种植起来，这才知道原来李秀全见萼贝只能在山上种，专门到山上盖房种萼贝去的。

周永开想解开山下不能种萼贝之谜，于是拄着拐杖，和李如银一道，艰难地来到了李秀全种萼贝的地方。

周永开坐在李秀全种植的萼贝前，看着那又细又柔弱的小小植株发了半天呆，突然掏出钱来，要买李秀全几株萼贝，条件是要连泥巴也一起买。李秀全起初不答应卖，但禁不住周永开的反复请求和本家李如银的反复劝说，最终答应卖了。

　　周永开立即让李如银找来背篼，将那几株萼贝连土带苗一同背了回去。

　　周永开在花熊坪的房屋前，将泥土摊开，又将萼贝苗栽了下去。每天他都要去看一遍自己心中的宝贝，并将观察到的情况记在本子上。

　　几天过去了，那小小的苗子没有死，周永开心里燃起了一点希望。

　　半个月、一个月过去了，苗子不但没有死，还长出了新叶。周永开更加精心呵护，盼着新叶快快长大。

　　半年过去，那苗子开出了小灯笼似的花朵。在周永开眼里，这些灯笼似的花朵好像正在照亮花萼山上村民致富奔康的前行之路。

　　周永开一下激动了，他突然意识到，萼贝在山下种不成功的原因可能出在土壤上。他这时才刨开土一看，天哪，萼贝植株根上原来的土哪是土壤，全是树叶烂掉后的腐殖物呀！

　　听说周永开种萼贝成功了，花萼山的人都跑来看。一看，大家都兴奋了，这可是摇钱树呀，谁不想马上就吃成胖子呢？

　　周永开理解大家的心情，可他此时反而变得冷静起来：万一自己的成功只是误打误撞的呢？于是对他们说："这家伙金贵，苗子更少，大家如果想种，每家每户先种上几株，先把种子培养出来。如果失败了，损失也不大；如果成功了，再一

生长旺盛的萼贝苗

步一步扩大。"

李如银回忆，他当时听了周永开的话，也到李秀全那里买了两株正在开花的萼贝苗子，每株苗子一块钱。他本来想多买几株的，可李秀全不卖给他那么多。那时家家户户都去买，大都一株两株的，连泥巴一起给弄了回来。第二年李如银那两株萼贝都结了果，第三年他一下就发展到了几百株。

一个李如银种植成功了，无数个像李如银的村民种植也成功了。一时间，项家坪村的村民奔走相告，萼贝人工种植成功了！

后来，项尔方和李如银还津津乐道地谈起了他们的萼贝种植经。

项尔方说："萼贝怕热不怕冷，气温上了12摄氏度就停止生长，上了15摄氏度芯就烂了，越热越怕，所以是个耐寒的名贵中药材。热起来的时候要搭架，要遮阴，从山上背下来的土只能管两年！"

李如银说："种200株的话，最多从山上背两回泥土就行了。必须是山上树叶烂了堆积起来的土，越厚越好。栽下去只管除草，不能施肥。一般的莘贝七年才有收益，这七年中间都不能施肥，只能换泥巴。头一年堆一层泥巴，把莘贝栽下去，第二年把莘贝全部起（挖）起来，把头一年的泥巴退去，重新从山上背泥巴来堆，那样效果才好一些。草要经常扯，一年要扯八九次。一点肥料都不能用，农家肥、化肥都不用，这些肥料一下去莘贝就死。每年换泥巴，收益是最好的。如果你不换，上了三年，莘贝便停止长个儿了。"

李如银还说："周书记由最初试种的两株莘贝，发展到后来的两分地。种了四五年，眼看要卖钱了，却被人偷了。可周书记并没有生气，反而乐呵呵的。为什么呢？因为他见山上村民一门心思种莘贝，现在种植成功了，村民们的日子不会再穷了，心里高兴呀！"

项尔方也抑制不住内心的高兴，说道："几辈人的梦想都没有成功，到了我们这一辈人的时候，在周书记的带领下成功了。我们现在的莘贝产业，全村保守估计也在千万元以上了，这太不简单了！"

李如银说村上一个"莘贝大王"，种的莘贝现在给他200万元，他都不会卖！

大家不免有疑问：这么多的土都要靠到山上去背，山上的土背完了怎么办呢？

这位老实人突然一笑，说道："背不完的！那么大的山林，每年那树叶都要掉呀。那树叶烂了堆起的土有好几尺厚，黑亮黑亮的，铲了一层，树叶掉下来经过一个冬春，又堆起一层，只要不把树砍了，子子孙孙都有背的。"

这又印证了周永开的一句话：保护花萼山就是保护花萼山人自己——花萼山的森林正以它的神奇造福花萼山上的人呢！

为了明天

花萼山上的中药材特别是萼贝产业发展起来了，村民们把全部精力都放在种植萼贝和其他中药材上，偷偷砍树、打猎、挖笋的人几乎绝迹了。周永开为花萼山上的老百姓找到了一条致富的门路，也实现了自己保护花萼山生态环境的初衷，按说他可以满足了，可是他看得更远。十年树木，百年树人，花萼山的事业要取得长足发展并立于永不衰退之地，还离不开人才，因此他时刻把目光盯在山上的教育上。

还在周永开上山之初，他就意识到，花萼山贫穷落后的根源在于山上文化落后所导致的愚昧和保守。在整个项家坪村的村两委和村民小组长中，就项尔方上过初中，其余无论是村干部还是小组长，最多也就一个初小文化。

周永开上山的时候，花萼山小学有两个教学点，一个在龙王塘，一个在项家坪。龙王塘的学校只有一间歪歪倒倒的教室，共十个学生，分为三个年级，只有一个老师，便是蒋大华。才上山时，周永开因为住在蒋大华家里，对龙王塘的学校便格外关心。

一天，周永开专门去了蒋大华这所只有一个老师、一间教室、三个年级、十个学生的学校。一看，周永开不由得心酸了：这是什么样的学校呀？一间孤零零的老式穿斗房子，柱头偏了，墙壁垮了，屋瓦破了，完全是间危房呀！孩子们在这样的教室里上课，一旦遇到刮风下雨，房子塌下来怎么办？想起城里的学校，再看看眼前的学校，他心里难过极了。

当时政府正强调"普九"达标，这样的学校，怎么达得到"普九"验收标准？无论如何，孩子们不能再在这样的教室里上课了！

周永开立即找来村上干部，斩钉截铁地对他们说："龙王塘的学校必须改造！"

村支书项中寿对周永开解释说："我们知道那是危房，可我们不敢往上面报，报了学生就要搬出来，可又搬到哪儿去？我们也知道该改造，可现在的政策是村小村办，村上哪有钱啊？"

周永开沉吟了半晌，说道："现在有句话，说再苦不能苦孩子，再穷不能穷教育。我知道大伙儿都穷，拿不出钱来盖学校，可我们有劳力呀！这样，我出钱，村民出力，把那木架架危房拆了，重新在原地基上盖一所土墙房子，一间大教室，一间教师办公室兼寝室，两间屋。我出3000块钱，你们说够不够？"

村干部在心里一算，打土墙村民都会，动员大家出劳力，适当补助一点生活费，就只有屋瓦、窗户等材料钱，3000块钱绰绰有余，便都说够了。周永开听后，直接把任务交给了项尔方。

没多久，一所新的学校便在龙王塘建起来了。

修了龙王塘的学校后，周永开见项家坪的学校虽然经过简

周永开（右一）和花萼山小学龙王塘学校的师生在一起

周永开（左一）在新修的花萼山小学龙王塘学校前

单修缮，危房的隐患排除了，可教室窗户没有玻璃，寒风从窗户直灌而入，学生在教室里面冷得瑟瑟发抖，他又拿出了1200元钱，让村上给每间教室的窗户都装上玻璃，又购买了一些新的桌凳。

龙王塘学校的十个孩子，都是小学一到三年级的学生，这些孩子出生后，从没走出过大山，他们不知道山下是什么样子。他们只是从书本上看见过火车、汽车、飞机，真实的火车、汽车、飞机是什么样子，他们想象不出来。城里的高楼、街道、广场、公园、商店，还有林林总总的玩具，他们更无法想象。周永开觉得这些孩子太可怜了，见识得少不仅会影响他们的学习，还会影响他们人生观、世界观的形成。

一天，周永开对蒋大华说："我想把这十个孩子带下山去，让他们开阔一下视野。"

蒋大华忙问："你想把他们带到哪儿去呢？"

周永开说："远了不敢去，就到达川，让他们看看城市是什么样子。另外，让他们看看城里的孩子是怎么学习的，长长见识吧！"

蒋大华说："好是好，可是钱呢？"

周永开说："钱的问题你不用担心，吃的住的我都包了。当然，你也要说服他们的父母给孩子一点零花钱。孩子是第一次进城，看到稀罕的东西想要买一点，一点钱没有怎么行呢。另外，你让每个学生在书包里装上十个洋芋……"

蒋大华有些不明白了："装洋芋做什么？"

周永开道："到时候我要派上用场！"

蒋大华不再问了。

孩子们一听周爷爷要带他们下山去看汽车、飞机和城里的工厂、学校，比过年得了父母几块压岁钱还要高兴。一连几天，一张张小脸上都挂着难以抑制的狂喜和激动，不断围着蒋大华追问周爷爷什么时候带他们去，周爷爷会不会说话不算数，周爷爷不会说着玩的吧。蒋大华对他们说："周爷爷是好人，他说话算话！"孩子们这才放了心。

出发这一天终于到了。孩子们像过节一样，全都换上了干干净净的衣服，天一亮就来到了学校里。

周永开一看孩子们书包里的洋芋，却犯愁了：山上的洋芋个头大，一个洋芋少说有七八两，十个洋芋把孩子们的书包全占满了，如果他们还要装点其他什么呢？再说，孩子们还小，背着七八斤洋芋走这么远的路，把他们累坏了怎么办？他想了想，又叫每个孩子从书包里取四个洋芋出来，然后对他们说："这洋芋是代表你们的爸爸妈妈和我们花葶山所有的人送给城里爷爷奶奶、叔叔阿姨的礼物，这礼物可珍贵了，你们可要小心爱护，别碰坏了！"

蒋大华有些明白了周永开的用意，可心里又不免疑惑：奇怪了，几个洋芋能成什么礼物？但他知道周永开这样做一定有自己的目的，他忍住没问。

出发了！周永开给这支小小的队伍起了一个名：花葶山小学学红军走长征路考察小分队。

这支别开生面的"小红军"队伍走了整整一天，才走到万源城里。

可是，当这支小小的队伍从闭塞的大山来到县城，面对高耸的楼房、宽阔的大街、奔驰的汽车……一个个全变成了小傻瓜蛋。他们瞪着一双双惊恐而好奇的眼睛，不知道该怎么过马路，也不知道怎么说话了。一个孩子见汽车朝自己开了过来，吓得"哇"的一声就哭了起来。这可急坏了周永开和蒋大华，他们急忙让孩子们把手拉起来，像幼儿园的小朋友过马路一样，周永开在前，蒋大华在后，牵着孩子们走过了斑马线。

晚上，为了节省经费，周永开、蒋大华和孩子们就住在楚恩寿家里。

刚住下，一个女孩就大声哭了起来。周永开、蒋大华、楚恩寿吃了一惊，以为女孩吓着了，忙过去安慰。一问，才知道女孩的布鞋被山下的石头磨破了，她没有鞋穿了。

楚恩寿见小姑娘为一双鞋子哭得那么伤心，心里不禁酸楚起来，不等周永开和蒋大华说什么，拉起小女孩出去给她买了一双白色运动鞋。

小姑娘穿上城里孩子常穿的鞋子，小脸蛋露出了甜甜的微笑。

第二天，孩子们登上了前往达川的公共汽车。这是孩子们第一次乘坐公共汽车，当车子在城里的街道上慢慢朝前驶去时，孩子们的目光还像扫描器一样看着街道两边缓缓退去的景色。可是一等车子驶上宽阔平坦的柏油公路，孩子们便再没心思去看窗外飞驰而过的树木、村庄和田野，只一心用小手死死地抓住椅背后面的扶手，紧张得连话也说不出来。尽管这样，两个年龄最小的孩子还是紧张得哭了起来，闹着要回家，周永开和蒋大华只好一人抱一个，又是拍，又是哄，半天才把他们劝住。

周永开带领的这支奇特的娃娃队伍，到了达川参观的第一站是达川第七小学。当孩子们在周永开的带领下，走进这所市重点小学的大门时，他们一下惊呆了。一排排整齐漂亮的楼房，一间间窗明几净的教室，漂亮宽阔的运动场，开着朵朵鲜花的花台……使这些才从大山里走出来的孩子像是走进了一个童话世界。特别是学校里和他们一样大的孩子或者大一些的哥哥姐姐们，身上穿着黄蓝相间、整齐划一的校服，说着标准的普通话，令他们既羡慕又惭愧。这样的学校，是他们做梦也想不到的呀！

刚进校门，学校领导一班人就迎了出来。原来周永开早就和学校联系好了，学校领导听说周永开带着花萼山的孩子来参观，非常高兴。学校领导们和周永开、蒋大华握了手，要去拉孩子们的手时，这些孩子因为紧张和羞怯，不但把周永开在车上教他们见了学校领导要一齐敬礼的话忘得一干二净，还一个个直往周永开和蒋大华的身后退去。

学校领导见了，忙又走到孩子们面前，蹲下来，像幼儿园阿姨哄小朋友一样，一边拍手，一边对着孩子们说："来，同学们，到叔叔阿姨这儿来！"

孩子们犹豫了好一阵，才不好意思地走了过来。

学校领导拉着孩子们的小手，带着周永开和蒋大华，一间教室一间教室地走过去，向他们介绍学校的变化和学生的学习情况。一边介绍，一边说着鼓励孩子们好好学习的话。

最后到了学校办公室里，周永开对孩子们说："同学们，把你们的礼物拿出来送给叔叔阿姨们吧！"

孩子们通过与这些陌生的叔叔阿姨的接触，胆子比先前大了一些，听了周永开的话，大家就从书包里掏出一个洋芋，双手捧着送给了面前的学校领导们。这次他们记住了周永开的话，送完礼物后还恭恭敬敬地行了一个礼。

学校领导捧着洋芋，却有些愣了。

周永开这时才说："这些孩子是第一次走下山看见城市，第一次坐汽车，第一次看到这么漂亮的学校，所以他们激动得连话都说不出来了，我就代大家说几句吧！这些孩子来自花萼山龙王塘小学，那是全达川地区海拔最高的一所学校，全校师生员工共11人，分三个年级，今天全校学生和老师都来了！来的时候，孩子们想给你们送点礼物，可想来想去，实在想不出送什么才好。这可是产自海拔1700米以上的高山洋芋，是花萼山人一年四季的主粮。孩子们背着它，跋山涉水，一路上生怕碰坏了它们。这是孩子们的一片心意，同时也提醒我们，千万别忘了咱们达川还有龙王塘这样的学校和学生……"

周永开说到这里，声音有些哽咽了。学校领导再次看了看面前的孩子们，脸色也有些凝重起来。校长忽然附在后勤主任耳边说了句什么，后勤主任出去了。

不一会儿，后勤主任提了一大包黄蓝相间的校服进来。校长接了过来，动情地说："同学们，你们送我们的礼物我们收下了。可我们不知道你们山上的情况是这样，我们也没有给你们准备什么礼物，这是我们学校的校服，你们过来比比，看合不合身，能穿就拿回去，不合身我们又换。"

孩子们一听这话，两只眼睛立即瞪圆了，却又不好意思过去。

周永开见了道："去吧，这也是叔叔阿姨们的一片心意，以后好好学习报答叔叔阿姨就是。"

孩子们这才迟疑着过去了。

直到此时，蒋大华才明白周永开要孩子们带几个洋芋的良苦用心。

周永开带孩子们参观的第二站，是达川第一小学。

第三站是达川火车站。

第四站是达川河市机场。

第五站是达川钢铁厂。

孩子们书包里的最后一个洋芋，放在了达川地区教育局领导的办公桌上……

后来，周永开谈起这件事时，自豪之情还溢于言表："我让学生们送洋芋，是经过慎重考虑的。送洋芋有两层意思：一是表示花萼山穷，别的我们也送不起，只有几个洋芋；二是争取社会的支持，受到教育部门的重视。千里送鹅毛，礼轻情意重。中国人讲礼尚往来，你那个单位，你那个城里学校，随便挤一点，不就能改变山上这些孩子的学习条件了吗？"

诚如周永开所料，孩子们每走到一个单位，都得到了各种关爱及各种礼物。不但如此，后来每年花萼山小学都会收到一箱箱的书包、笔、本子、书籍等学习用品和衣服。花萼山小学的孩子们也一下洋盘了起来。

更重要的，是那十个孩子开阔了眼界，这对于改变他们的人生，又起到了多么大的作用呀！

周永开的良苦用心没有白费。

三年后，当年跟随周永开到达川长见识的杜存柳、蒋宁聪、蒋宁伟三个孩子小学毕业了。按照花萼山人过去的观念，孩子一般念完小学就不再读书了，即使少数人能继续念，也最多在山下乡镇中心小学的附属中学再读上三年初中。可这天杜存柳、蒋宁聪、蒋宁伟三个孩子却找到了周永开，迟疑着对他说："周爷爷，我们想到万源城读书……"

周永开高兴起来："想读书好哇，那就去读吧！"

话刚完，三个孩子一齐低下了头。

周永开忙问："怎么了？"

过了半天，蒋宁聪才鼓起勇气说："周爷爷，我们怕考不上……"

周永开明白了，要想到万源城区去上中学，必须通过考试。可明摆着，花萼山小学的教育质量，怎么能同万源城区的小学相提并论？孩子们的担心不是没有道理的。

周永开沉默了。他的目光再次从孩子们稚嫩的脸庞掠过，从孩子们的眼睛里，他看出了他们对知识的向往和渴望，这不正是他所追求的吗？他曾在心里发过誓，一定要为花萼山培养出几个大学生来，同时，也要让村民树立起知识改变命运的新观念，这才是花萼山的希望所在。现在，这希望不就在眼前了吗？

周永开想了想，然后毅然对他们说："我给万源市教育局和万源中学的领导写封信，你们做好去读书的准备吧！"

三个孩子喜出望外地走了。

孩子们离开后，周永开坐下来，字斟句酌地给万源市教育局和万源中学的领导写了一封长长的恳求信。在信中，他详细介绍了花萼山贫穷落后的现状和培养人才的深远意义，又介绍了三个孩子的学习情况和对知识的渴求，最后恳请万源市教育局和万源中学的领导能从改变山区落后面貌、为山区未来培养社会主义建设人才的目的出发，吸收三个孩子到万源中学读书。

周永开把信交给已担任项家坪村党支部书记的项尔方，要他把这事当作一件重要任务，亲自把信送到万源市教育局和万源中学的领导手上。

就这样，杜存柳、蒋宁聪、蒋宁伟三个花萼山的孩子，顺利地坐在了三年前他们曾羡慕不已的城里的宽敞明亮的教室里念书了。三个孩子深知这读书的机会来之不易，愈加珍惜和努力。功夫不负有心人，经过几年拼搏，蒋宁聪、蒋宁伟顺利考上了大学。杜存柳的成绩差了一点，后来又在周永开的帮助下，和花萼山另两个孩子蒋应品、龚中林，通过定向培养的方式上了一所职业技术学院。

花萼山终于走出了第一代大学生！

毕业后，蒋宁聪、蒋宁伟、蒋应品、杜存柳都选择了回万源工作，以报答家乡。现在，蒋宁聪是万源市委巡察办干部，蒋宁伟在母校万源中学做老师，蒋应品在官渡镇工作，杜存柳则选择了回花萼山担任一名村干部。

蒋宁聪在一次周永开先进事迹报告会上，噙着泪花，满怀深情地向与会人员谈起了自己的这段经历：

"周爷爷是那个为我打开新世界大门的人，为山里的孩子们带来希望的人，为山村带来光亮的人。当年，是周爷爷的帮助，我才有机会继续上学，成为村里第一代大学生。现在，我追随周爷爷的脚步，加入了中国共产党并成了一名纪检监察干部。周爷爷知道后，特别高兴，叮嘱我说：'你是从艰苦环境中走出来的，一定要记得受过的苦，也要记得老百姓的不容易。现在，当了党员干部，你更要把群众当亲人，做任何事情，都要想着符合群众的利益。'周爷爷的这些话，将是我一生的座右铭！"

蒋宁聪说得对，周永开不仅是为他们几个孩子带来希望的人，更是为整个花萼山打开"知识改变命运"这扇新世界大门并带来光亮的人。花萼山未来可期！

大地忠魂

"天字号"工程

让我们把时间拉回到1993年冬天，周永开第一次到花萼山借宿在蒋大华家那个晚上。

那晚，在闲聊中，蒋大华对周永开说起在他们来的路上摔死过人。周永开听了这话，忙问是不是真摔死过人。蒋大华想答，可想起客人刚爬过"手爬岩"这样的路，就把话题转移开了。

周永开却把蒋大华的话记在了心里。

第二年，周永开住到了山上。每上一次山或下一次山，周永开耳旁总会回响起蒋大华这句话。每想起一次，心里就不免胆战心惊一次。

有一次，他把项尔方喊住了，直通通地问："听说在你们这条上山下山的路上摔死过人？"

项尔方不知周永开问这话是什么意思，随口说道："还不是一两个呢！"

一听这话，周永开严肃了，立即从口袋里掏出本子和笔，对项尔方说："哦，是些什么样的人，叫什么名字，怎么摔死的，你倒要给我详细说说。"

项尔方见周永开认了真，想了想才道："我年轻，只晓得七几年至八几年在这路上摔死的人，早一些的我就不晓得了……"

周永开忙道："你就说你晓得的吧。"

项尔方于是说："我晓得的是从七几年到八几年，在这条路上死了四个人，有两个是滚到下面河里淹死的……"

周永开性急，忙打断他的话："怎么又成了淹死的？"

项尔方道："路太陡，刚下过大雨，河里涨水，走到观音庙那里，从岩上头滚到下面河里，就淹死了。"

周永开停下记录，皱紧了眉头问："叫什么名字？"

项尔方语气变得沉重起来："是两姐妹，住在后面的九面天，她们叫啥子，我记不得了，只晓得两姐妹中的姐姐这年20岁，说了人户（定了亲），这天下山去买出嫁的东西，邀了妹妹一起给她参谋参谋。走到观音庙那儿，姐妹俩有一人脚踩虚了往下掉，另一个人去拉没拉住，也掉了下去……"

周永开听完项尔方的话，紧紧抿着嘴唇，目光落到那条藏在重岩叠嶂中时隐时现羊肠似的灰色小路上，久久没有说话……

周永开回忆说："当时听了项尔方给我讲的情况，我心里受到了强烈震撼，我几天都没睡好觉。那时，全国各地都流行一句话，叫'要想富，先修路'。我想，花萼山要想改变贫穷落后的面貌，也必须先把公路修通，否则，花萼山不但贫穷落后的面貌会依旧，死人的悲剧还会继续发生！"

一个宏伟的计划，在周永开心里孕育开了！

于是，在那个对花萼山来说具有划时代意义的项家坪村党员大会上，周永开掷地有声，把"路"一并纳入了花萼山"六字"建设之中，而且排到了"人"的建设后面，成为花萼山第二大战略任务。

最难能可贵的是，周永开还为花萼山路的建设制订了具体的时间任务表。

周永开规划的蓝图是美好的，众人听后也觉得很振奋，可一涉及具体落实，大家就泄气了。

别说一般村民，就是像项尔方这样年轻的村干部，听说周永开想结束花葶山几千年不通公路的历史，也持怀疑态度。

其实，周永开也非常清楚要修通花葶山这十多公里公路，会有多么艰难。因为那都是在崇山峻岭中间，没有三尺平的地方，都是悬崖峭壁啊！

正因为难，周永开才更懂得人心的重要，团结的重要。为了统一思想，提高对修路重要性的认识，打消大家的畏难情绪，周永开决定继续做村组干部、党团员和积极分子的工作。

项尔方回忆说："那段时间，周书记经常把我们找去开会。白天要忙活路，开会时间大多在晚上，从吃过晚饭开到十一二点。周书记在会上苦口婆心地给我们讲修路的重要意义，讲愚公移山的精神。他说修这条路确实很难，可以说是我们花葶山的一项'天字号'工程，但只要有愚公移山这种精神，就没有修不成功的！我们全村一千多人，只需要苦干十年，就可能实现我们的目标。我们山上的人勤劳惯了的，别的没有，力气却有，井水挑不干，气力用不完，大家说是不是这样？"

项尔方还回忆说："说着说着，周书记动起情来。他又对大家说：'一想起从这条路上掉下去摔死和淹死的人，活蹦蹦的一条条生命，就被这条路吞噬了，我心里就非常难过。如果这条路再不修，也许这样残酷的事，就可能在我们的父母、兄弟姐妹甚至我们自己身上重演。难道我们愿意让我们的亲人乃至自己，就这样死于非命吗……'"

讲到这里，周永开的声音哽咽起来，讲不下去了。听的人也

第五章　大地忠魂 ｜ 185

十分动容，一个个难过地低下了头。

项尔方接着说："当时给我们的感受，觉得这个老革命在城里有舒适的生活，他不图利，不图名，跑到这山上，一门心思为我们着想，他图啥子呢？路修成功了，他又走得到好多？他又拿不走啥子，他还要付出。我们再要当缩头乌龟，真是羞死先人板板了！"

大家沉默了一阵，会场上所有的人都像从沉睡中醒过来似的举起了拳头，异口同声地道："修，周书记，我们听你的！上刀山下火海，我们跟着你走！十年修不通，我们再拿十年、二十年来修！"

周永开被花萼山人的激昂感动了，他也忍不住站起来，对着大家铿锵地发出了庄严的誓言："请大家放心，十年后花萼山不能通公路，我周永开自愿去跳玄天观！"

话音刚落，大家像是被周永开这话吓住了，会场上又是一片沉寂。可片刻过后，一阵热烈的掌声突然响了起来。

一场花萼山人向自己走过上千年的"手爬岩"发起的战斗，在周永开的带领下打响了！

生死劫难

周永开要修花萼山公路的消息不仅在花萼山上的村民中引起了强烈震撼，也像春风一样，迅速在花萼山下传开了。就在花萼山村民在周永开的引领下，众志成城，准备向"手爬岩"宣战的时候，山下万源市的两个镇——官渡镇和白沙镇的领导，却为这条还在酝酿中的道路发生了激烈的争论。

周永开回忆说："修花萼山那条路，我当时还没意识到，后来两个镇争起来了，我才想到。两个镇为什么争？因为那个花萼山，一边属于官渡镇，一边属于白沙镇，两个镇都想公路从自己境内上山，以解决沿途村民的出行难问题，促进本地经济的发展，所以就争起来了。"

前面说过，那可是一个人人都知道"要想富，先修路"的年代呀！而且两个镇的领导都知道周永开的性格，都对他修通花萼山公路深信不疑。作为地方领导，谁又愿意放弃这"为官一任，造福一方"的机会呢？

两个镇都摆出各自的理由和优势，据理力争，互不相让。

官渡镇的理由是：我们这边在花萼山的山林多一些，从我们这边上山，有利于对森林的保护。修路的目的，难道不是保护森林吗？再说，从我们这边上去，路要近好几公里，也要省钱一些，为什么要舍近求远？

白沙镇的理由是：从我们这边上山，受益的村民多一些。修路的目的，难道不是方便群众出行吗？再说，原来的花萼乡不久前才合并到白沙镇，既然修的是花萼山公路，还不应该从我们白沙镇上山？

周永开听后，非常为难。他知道两个镇脸红脖子粗地争论不休，虽然都站在各自的角度考虑问题，可都是为了造福百姓。平时他上山下山，走的都是官渡镇这边，白沙镇那边，他从没走过，也不知道那边的情况究竟是什么样的。于是他对两个镇的领导说："你们都别争了！毛主席说过：没有调查就没有发言权。

你们两方面说的都有道理，但究竟走哪边，我们通过考察后从实际出发，你们觉得怎么样？"

两个镇的领导这才停止了争论。

正是这次考察，周永开经历了一场在花萼山的生死劫难。

楚恩寿现在还清楚地记得，那是1997年农历正月初六，新年的气氛还没过去，在万源市这样的大巴山小城里，那时春节期间还没有禁止燃放烟花爆竹，空气中满是浓浓的火药味，不时还响起孩子们燃放"二踢脚"清脆的响声。家家户户悬挂的红灯笼和贴在大门上鲜艳的"福"字，在初春的阳光照耀下格外醒目。人们穿红着绿，沉浸在走亲串戚的喜悦中，一声声"新年快乐""恭喜发财"的祝福，不断地回响在人们的耳边。

这天，楚恩寿一大早就起来了。他的亲舅仙逝了。虽然老人家高寿，属于民间所说的喜丧，可爷亲有叔，娘亲有舅，楚恩寿心里还是悲伤难过，今天他得奔丧去。

楚恩寿草草吃过早饭，正要出门，这时周永开急匆匆地来了。楚恩寿大吃一惊，忙问："周书记，你怎么来了？"

周永开什么也没回答，一把拉起楚恩寿的手，道："小楚，快跟我一起上花萼山！"

楚恩寿一下愣住了："今天上花萼山做什么？"

周永开说："我们去白沙镇那边，看一看公路路线呀！"

楚恩寿仍大惑不解，说："不是说等过了大年（元宵节）才去吗……"

周永开没等楚恩寿说完，便道："等不到过大年了！余书记说，大年后，交通局刘工程师有其他事要做，抽不出时间和我们去花萼山，要去就只有这两天。"

楚恩寿明白了：市交通局的刘工程师是余世荣书记帮忙请的，人家干了30多年交通，是交通局的专家，要不是看在余书记的面子上，这样的"大神"可不会轻易来给你帮忙的，当然得以人家的时间为准。可是舅舅这儿……

周永开见楚恩寿有些犹豫，便道："你还犹豫什么？余书记给我们找了一辆车，把我们送过去。我和那边也联系好了，他们给我们找了两个向导，一个是原来花萼乡医院的院长，一个是院长的侄儿，他们在那边等我们。现在我们去接上刘工程师，就立即赶过去！"

楚恩寿本想把舅舅的事给周永开说一说，可一想周书记这么大年纪，放弃春节和亲人团聚专程从达川赶到万源来，不顾辛苦劳累都要上山，自己一时倒不好给他提舅舅的事了。想了想，便坚定地说："好，周书记，我跟你走！"

说完，楚恩寿随周永开来到街边，果然见一辆黑色轿车早等在了那里。

两人上了车，又朝刘工程师家驶去。

事隔这么多年，周永开和楚恩寿都记不得刘工程师的名字了，只记得他50多岁，干干瘦瘦的，戴一副眼镜，面皮白净，一副文弱书生的模样。但楚恩寿却非常清楚地记得刘工程师夫人那天的表情：黑着一张面孔，好像是他们欠了她什么一样。也难怪，在这样一个万家团圆、欢乐喜庆的日子，你把人家的丈夫从身边拉走，难道还希望人家对你笑脸相迎吗？

楚恩寿还记得，那天那个司机说把他们送过去后，还要赶回来参加亲戚的宴会，因此把车开得飞快。一个小时左右，便把他们送到了目的地。

那个医院院长和他侄儿，果然在镇政府旁边的公路上等着了。院长和他的侄儿姓阎。

本来汽车还可以把他们再送一段路，可因为通向原来花萼乡政府的那条路在前一年夏天被暴雨冲断，一直没有修复，司机只能把周永开等人送到白沙镇政府这儿了。

一下车，白沙镇政府春节值班的工作人员邀周书记进去坐一会儿，喝了茶再走，可周永开见天气好，想早点上山，便谢绝了。

一行人步行到花萼乡政府，已是中午12点多了。因为早上走得急，都没准备干粮，现在走了半天路，肚子全都"咕咕"地叫了起来。要命的是，此地只有孤零零的十几户人家。几个人东瞅瞅、西瞅瞅，想找一个吃饭的地方，可是把十几户人家看完了，竟没一家食店。一个坐在门口织毛衣的妇女见他们东瞧西看，便好奇地问："你们几个走人户（亲戚）找不到地方了呀？"

楚恩寿一看她年龄比自己要小几岁，便说："大妹子，我们不是走人户。我们是从万源城里来的，这位是我们达县地委的周书记……"

楚恩寿话还没说完，那女人就惊奇地叫了起来："哦，他就是周书记呀？"

楚恩寿说："是呀！大妹子，你听说过？"

女人快人快语，急忙说："哪个没听说过？周书记到花萼山来保护森林，不准砍树，不准打猎，不准放牧，不准挖笋……"

周永开听到这儿，忍不住了，也看着女人问："你从哪儿听说的？"

女人红了红脸，才有些不好意思地说："我那口子原来就是花葶乡政府的，一回来就给我说周书记在花葶山如何如何……"

楚恩寿明白了，急忙说："哦，原来大妹子屋里当家的还是乡干部，那我们也算是一家人了！大妹子，我们肚子饿了，你能不能给我们弄点吃的，我们给钱，吃了我们还要上山……"

女人一听，忙说："哦，原来你们是在找吃的，哪个不早说？不过，这山上拿钱也买不到啥子东西，我家里现成的只有面条……"

几个人立即说："有面条就行！有面条就行！"

女人不再说什么，丢下手里的毛衣，转身便进了厨房。

楚恩寿回忆说："那女人很能干，转眼工夫，便给我们一人煮了一碗垒尖尖的面条，碗里还有几片三指宽的黄澄澄、亮晶晶的腊肉片。我们也顾不得客气，端起碗，便狼吞虎咽地吃了起来。那个香呀，这辈子像是从来没吃到过这样好吃的面条！吃完过后，我们给她钱，她弯死（硬是）不要。当时大家都急着赶路，连她姓啥子我们都没问。现在想起来，我还觉得有些对不起这个大妹子。我们给肚子加上'油'后，便马不停蹄地上山了。"

出门不久，天开始阴下来。大家并没有在意，山上的天气，时阴时晴，也是很正常的。因为只是来看看公路的大致走向，刘工程师也没带测量仪器（后来大家想，幸好没带测量仪器，要不，这天测量仪器就全毁了），他一边走，一边问阎院长叔侄，还一边往一个大本子上记着和画着什么。起初，刘工程师还兴致勃勃，可走着走着，他就有些气喘吁吁起来，走的速度也越来越慢。但他大约看见周永开比他年纪大得多，还坚持着往上走，便也咬牙坚持了下来。走到半山腰，大家看见山上的积雪还有三四十厘米厚，皑皑一片，反倒比山下亮了许多。包括刘工程师在内，一见漫山银装素裹，顿觉天宽地阔，大家精神都为之一振，一边继续往山顶攀爬，一边察看着地形，又一边讨论，反倒忘了疲劳，忘了时间。

终于爬到了山顶，几个人站在积雪里正要喊叫，可抬眼一望，除了身边还是白晃晃一片，山下黑乎乎的，天地如罩在了一顶巨大的黑帐子里。阎院长借着白雪反射的光，抬腕看了一下表，突然失声叫了起来："天啦，我们被雪光骗了！"

周永开、刘工程师、楚恩寿一看自己手上的表，果然时针早已过了7点，中央电视台的《新闻联播》都快要和观众说"再见"了。

刘工程师着急地叫了起来："怎么办？"

刘工程师话音刚落，楚恩寿突然感到脖子和脸颊上有种冰冷的感觉，他用手一抹，惊诧地叫了起来："下雪了！"

众人又定睛一看，眼前果然纷纷扬扬飞舞起雪花来。

阎院长的侄儿一路上除了回答刘工程师的问题，从没说过半句多余的话，此时却大叫了起来："大家赶快下山，不然等会儿就下不了山了！"

众人听了这话，一时目瞪口呆起来，不知说什么好。

阎院长的侄儿以为大家不相信他的话，于是又大声说："雪落高山，霜打平原！你们不知道，这山上不下雪则罢，一下雪就会是鹅毛大雪，会让你们眼睛都睁不开，更别说找路了！"

一听这话，刘工程师突然道："天哪，我走不动了，肚子也饿得巴了背，脚上也没一丝力气了……"

周永开、楚恩寿一听这话，也忽然感到中午吃的那碗面条，此时不知道跑到哪儿去了，胃里一阵翻江倒海，有些难受起来。

幸好阎院长早上出门时，为防不测，在挎包里装了两盒饼干，此时掏出来一人分了一点，说："也没想到会出现这样的情况，没带多的，大家先和着雪填一下肚子。"

说完，他从地上抓起一把雪，用力捏成团，咬一口饼干，再咬一口雪，给大家示范吃起来。

无论是周永开还是刘工程师和楚恩寿，在心里都把阎院长叔侄当成了救星。

几个人刚刚和着雪嚼完饼干，那雪果真如撕碎的一团团烂棉絮一样，铺天盖地地漫天飞舞起来。

雪光中，阎院长的侄儿看见头顶一棵松树上，正好有一根枯枝，急忙跳起来折下，然后对周永开、刘工程师、楚恩寿说："大家不要慌，听我的！本来这山上积雪都没化，这一下，雪会更厚。把你们手里挂路的拐杖都拿起来，互相拉着，我在前面探路，你们踩着我的脚印走，千万不要踩偏了，一旦踩虚了滑下去，后果不堪设想……"

刘工程师听到这儿，又问："还是原路返回去吗？"

阎院长的侄儿说："不行！原路返回去路太远，从这儿绕过去就是大窝宕，大窝宕下面就有人家，我们喊救命也有人听得见。"

说完，阎院长的侄儿右手握着新折的树枝在积雪上探路，将左手原来那根用来挂路的棍子别到身后，让周永开抓着，周永开又将自己手中的棍子别过去让刘工程师抓着，楚恩寿又抓着刘工程师的棍子，阎院长殿后。阎院长的侄儿先是用棍子在雪里探一阵，才往前走一步，后面周永开、刘工程师、楚恩寿和阎院长也亦步亦趋地跨出一步。

一行人就这样在雪地里慢慢地往前蠕动着。

可是没走多远，不知是因为紧张还是什么，惊险的一幕还是发生了——阎院长的侄儿刚跨出一步，立足未稳，忽听得身后周永开"啊"的大声叫了起来，紧接着，阎院长侄儿手中的棍子也被拉掉了。阎院长的侄儿意识到危险的事情发生了，急忙回过头去。一看，周永开掉进了雪坑里！老天保佑，那雪坑不深，雪只埋到了周永开大腿上。但离雪坑一尺多远的地方，就是悬崖！

众人都吓住了，楚恩寿急忙要去拉，被阎院长的侄儿拦住

雪后的花萼山

了。阎院长的侄儿说："不能这样去拉，万一这岩边是虚的，岂不连你也被拉了下去？"说着，他让周永开把手里的棍子递过来，让周永开双手抱紧棍子，这边他和楚恩寿、阎院长三个大男人一齐用力，才将周永开从雪坑里拉了上来。

周永开人被拉上来了，可两只鞋子却陷在了雪坑里。那么深的雪坑，自然无法把鞋子扒出来。周永开的脚有些肥大，楚恩寿、刘工程师和阎院长叔侄的鞋子他都没法穿，幸好袜子没掉，周永开只好将袜子当作鞋子穿了。

20多年后，周永开回忆起那次历险的经过时，还心有余悸。他说："我们当时根本没有想到会出现这种情况！走的时候山下面还是红艳艳的春阳，加上走得急，既没有准备一两支手电筒，也没有想到饿了又怎么办、晚上看不到又怎么办……这些都没有考虑。五个人一边看路线一边摆龙门阵，爬上山顶就天黑了。天黑了怎么办？离我们住的那个地方还有十几里路，前去没有办法，后退也没有办法，我们这五个人只有走啊！那路上全是雪，根本看不到路。没有路，幸好有阎院长的侄儿，本地人，大方向他晓得，我们就跟着他按照这个大方向走。我们五个人一人挂一根棒，有时候一下落下去了，就把那个棒支起，大家拉，拉起来过后又走一截，又掉下去了，又互相拉，走了一阵我们就简直没有办法了。力气也没有了，肚子也饿了，我们就好想找个岩洞，在洞里歇一晚上，天亮了我们再走。可阎院长的侄儿说，没有洞啊，即使有洞我们现在也找不到呀。还是只有走，结果把鞋子弄到雪里面去了，只穿一双袜子走。我说这跟过雪山草地差不多，这个年代我们也来学学红军过雪山草地呀……"

尽管这样，周永开的回忆仍然有些"避重就轻"，而楚恩寿的回忆，则刺激、惊险、生动得多："我们把周书记从雪坑里拖出来后，他就走不动了。刘工程师本来身体就弱，从来没走过这样的山路，此时肚子又饿，早就喊自己不得行了。大约是见周书记掉进雪坑被吓着了，这时他也说走不动了。走不动怎么办？我们就商量，让阎院长叔侄俩边探路边扶着周书记走，我扶着刘工程师走。阎院长叔侄架着周书记没走多远，越架越沉，最后周书记两条腿像是被抽了筋一样，一点也不能走了。天哪，这才急死人！当然，这也不能怪他，毕竟快70岁的人，经过刚才一吓，加上又没穿鞋子，那袜子薄薄一层，早被雪湿透了，又冷又饿。在那种情况下，即使是年轻人也够呛，何况那么大年龄的人？后来我们又商量，由我和阎院长叔侄三个人轮换着背。先由我背。周书记有些胖，背起来有点重，又是在雪地里，走不了几步就气喘吁吁，马上又把他放下来。我们三个轮流背了一阵，连我们自己也走不动了。此时，周书记突然脸色大变，有些不省人事的样子了。我们急了，又是掐他人中，又是摇他，都没用，还是口眼紧闭，吼他也不答应。没办法，为了早点赶到大窝宕，我们横下了一条心，背不起，抱不动，我们就两个人一组，把他放到雪地上拖着走。刘工程师此时看到周书记这样，也不知从哪儿焕发的力量，不但不说自己走不动了，反而还来帮我拖周书记。"

　　真应了"天无绝人之路"这句古话，楚恩寿、阎院长叔侄和刘工程师四人一会儿背，一会儿拖，朝着大窝宕慢慢移去。时间过得好慢好慢，在楚恩寿的意识里，好像过了一个世纪。直到凌晨1点多的时候，他们才到达大窝宕下面的山崖上。此时，他们犹如见到了救星一般，楚恩寿、刘工程师、阎院长叔侄四个大男人，一齐把手卷成喇叭状，对着山下漆黑的夜空喊叫了起来：

"乡亲们，救命呀——"

"救命呀，乡亲们——"

四个大男人高亢洪亮的喊声，在夜空汇集成了一股雄壮的力量，在千山万壑间一遍一遍地震荡和回响。

喊了十多分钟，楚恩寿、刘工程师、阎院长叔侄都觉得嗓子渐渐嘶哑起来。所幸的是，他们看见山下出现了许多火把，摇晃着朝山上来了。

在那一刻，四个汉子眼里不由自主地涌出了热泪。

楚恩寿回忆说：

"大家把周书记从山上背下来后，直接送到了距离最近的蒋大祥家。大家见周书记还昏迷不醒，也不管什么了，直接就吼：'蒋大祥，快烧一罐热水来救人！'那时蒋大祥家还没发生猎枪走火事件，他还把周书记叫'周癫子'。可他一见周书记那个样子了，什么也没说，立即去把火塘捅开，又叫人把周书记抱到火塘边去，烧了一罐水。我把水倒进洗脚盆，把周书记的脚泡在水里，慢慢给他洗。又给周书记灌了半碗姜糖开水，过了一阵，周书记才清醒过来。一看见周书记醒了，蒋大祥的大儿子和二儿子急忙去整了一块腊肉来——才过了年嘛，家家户户都有腊肉的——那块腊肉有好几斤，丢到罐子里就煮起来。这天晚上我们吃饱了，也没走，就在蒋大祥家的火塘边睡了几个小时，第二天蒋大华才来把周书记和刘工程师接走。

"倒是那个刘工程师，第二天走路仍晃晃悠悠的，像是才学走路的小孩一般。周书记十分过意不去，又留他在山上住了一天，直到初八，才由项尔方、李如银把他送到官渡镇，由余书记派了一辆车来，把他接回了万源城。"

这是周永开在花萼山遭遇的最大的一次劫难。

大难不死，必有后福。这也是上苍对他人生命运的一次有意的安排！

一波三折

最后，公路还是从官渡镇一个叫"母猪洞"的地方往花萼山上修去，周永开把路定名为"官花公路"。

当公路最后测量时，周永开和楚恩寿再去请刘工程师，却被刘工程师的夫人给挡在了门外。原来，刘工程师从花萼山回去后便住进了医院，用刘工程师夫人的话说，刘工程师当小死了一回，再不让刘工程师上花萼山了。

周永开只好另请了一个叫卢斌的工程师来给他们测量和设计，这个人也是万源市交通局的。

公路路线很快就测量完了，施工的图纸也绘好了，周永开办什么事都讲规矩，一丝不苟。经过若干次大大小小的会议讨论，他设立了一个"官（渡）花（萼山）公路工程指挥部"，项家坪村党支部书记项尔方任指挥长，村主任任副指挥长。下面再设若干个施工队，施工队下面再设施工组，每个施工队（组）也分别任命有队（组）长。每个队（组）根据各自的人口总数，确定任务目标，把自己的那一段路修好了，任务也就完成了。为了放炮安全，还专门设了一个"炮工组"……用今天的话说，整个工程可谓是"领导重视、机构健全、任务明确、措施得力"。就凭这副架势，就是大干一场的样子！

周永开没在"工程指挥部"担任任何职务，他有更重要的任务，那就是他给村民承诺过的："修路的钱的问题，我来想办法！"

周永开当时敢于对村民这样表态，并非一时心血来潮，而是经过深思熟虑，还多次跑到地区、县上向相关部门领导做过汇报并做了论证的。地区、县上、镇上领导当时的谋划是采取"三个一点"，即官渡镇政府、万源市政府和达川地区行署各出一点，花萼山群众义务投工投劳，几个方面共同解决花萼山修路的资金难题。周永开这才有如此的底气和信心来启动这项被称为"天字号"工程的。

但周永开忽略了，那是20世纪90年代中期。那正是国家刚刚实行分税制、地方财力日益捉襟见肘的年代，更是"三农"问题突出、干群关系十分紧张的年代，还是一个"计划不如变化快"的年代！当花萼山人一切准备就绪，周永开去向行署领导要钱的时候，领导把眉毛蹙成了一个疙瘩，苦着脸对周永开说："老书记呀，不是我说话不算话，实在是没办法呀！老书记你再等几年，等财政情况好些后，我一定考虑花萼山的事！"

可周永开能等吗？

在地区没要到钱，周永开又找到万源市领导。市领导的眉头皱得比行署领导的眉头还紧，但他看了看面前的周老革命，心有些软了，想了想才说："这样，老领导，我给官渡镇打个电话，让他们在今年的'三提五统'款中，先给花萼山挤点出来，让你们把工动起来，以后我们再慢慢想办法，怎么样？"

周永开还能说什么呢?

周永开回忆说:"那时官渡镇也穷,也没有多少钱,但新任的镇党委书记很好,很体谅花萼山群众的疾苦,果然从当年所收的'三提五统'款中,挤出了5万块钱给我们。那个时候的5万块,很值钱的呀!"

花萼山公路,终于可以开工了!

项尔方清楚地记得开工的日子——1997年3月28日。1997年对于花萼山来说,也是很重要的一年,花萼山在1996年成为市(县)级自然保护区的基础上,又升级为省级自然保护区。这条路一开工,更会让花萼山的经济得到快速发展。

好事多磨。项尔方清楚地记得修路的曲折过程:"起初,所有的人都信心百倍,都想一鼓作气把路修通,可是很快就遇到资金的难题,不得不修修停停,一直修到1999年,5万元启动资金彻底用完了,不得不停了下来。"

公路虽然没有修通,可对于祖祖辈辈用手爬岩的花萼山人来说,成绩还是巨大的——一些好修的地方,已修成3米左右宽的公路雏形,剩下的是那些不好啃的硬骨头山崖,但那些山崖尖锐和危险的棱角已被炸药和花萼山人手里的大锤、钢钎和十字镐啃掉了。最起码,花萼山人走在上面,再不需要用手爬岩,也不用再担心会掉到下面的万丈深渊里去了!

花萼山人把这一时期修筑的路,统称为"人行路"。

可周永开没有满足,他对花萼山人民群众承诺的是一定要让车子开到山上,不再让大家买卖东西时肩挑背扛。如果实现不了这个愿望,他自愿去跳玄天观!

犹如火种一般,这一宏伟心愿时时刻刻在他心里燃烧着,并且随着时间的推移越烧越旺。他在等待机会，准备重新发起冲锋！

机会终于到来了。

时间到了2004年，那时国家经济已经好转，更重要的是，中央出台了工业反哺农业、城市反哺乡村的政策。周永开想起几年前市上（达川地区已改为达州市）领导给他说过的话，此时不去争取，更待何时？

周永开这次带上了项家坪村党支部书记项尔方，怀揣着花萼山修路的详细报告，还有一份过去从"手爬岩"上摔下去的死亡者的名单。这次他下定了决心，市上领导如果不给钱，他就不离开领导的办公室。

周永开行走在花萼山上

到了达州，周永开连家也没回，带着项尔方就直奔市政府分管交通工作的副市长的办公室。

遗憾的是，副市长下乡去了。周永开也做过领导，知道领导都很忙。他害怕领导回来和自己错过，便叫项尔方在市政府办公大楼等。

项尔方等了一天，没等着。天黑的时候，他来到周永开家里，向周永开说明情况后，便要出去找招待所住宿。

周永开道："住什么招待所，有钱了哇？就住我这儿！"

项尔方迟疑地说："你们家房子也不宽敞，我怕给你们添麻烦……"

周永开说："再不宽敞多你一个人还容不下？就在这儿住！"

周永开下了命令，项尔方不好再说什么了。

第二天，周永开和项尔方又去市政府办公大楼，副市长仍不在——昨天下乡还没回来。

周永开和项尔方只好继续等。

第三天，两人终于等到了副市长。

副市长听说周永开等了他两天，心里过意不去，直说："对不起，对不起，让老书记久等了！"接过项尔方手里的《关于修建官花公路所需资金的请示》仔细看了，二话没说，便签给了市交通局。

周永开不放心，又和项尔方马不停蹄地赶到市交通局。

市交通局领导看了他们的请示和领导的签字，说："你们这个东西不得行……"

周永开一惊，忙问："怎么不行？"

交通局领导说："你们这请示不正规，施工图也只是一个草图，得让万源市交通局给我们出一个正式的请示，并且要附上正规的施工图纸。"

周永开放心了，立即叫项尔方回去找万源市交通局，按领导交代的办理。

很快，万源市交通局的请示和图纸就送到了达州市交通局领导的办公桌上。

没多少日子，达州市交通局10万元修建官花公路的专项款就划到了万源市交通局的账户上。

有了市上的10万元，周永开高兴了。他立即又找到万源市领导：市上都给钱了，官花公路是万源的，自己的孩子自己爱，你们给不给钱呀？

没说的，市上都给了，我们还能不表示？依样画葫芦，万源市政府也给了10万元！

最后轮到官渡镇了。此时的官渡镇已今非昔比——早在三年前，官渡镇就被万源市确定为小城镇建设示范镇，此时基础设施建设搞得轰轰烈烈，招商引资颇有成效。荷包里有钱了，自己的事情自己办，镇领导决定拨出20万元，是市、县两级政府的总和！

这下好了，市、县、乡三级政府，为一个村级公路投资40万元，在当时是很少见的呀！

周永开高兴呀！他立即又把村组干部和党员以及群众骨干喊来开鼓劲会和动员会，在会上他发出了掷地有声的誓言："钱给找来了，今年必须一鼓作气把花萼山的公路修通！修不通我们就去跳玄天观，我们都跳，我跳第一个！"

花萼山人又打响了修路的第二战役！

为有牺牲多壮志

那段日子，花蕚山人豁出去了！天一亮，就能听到从山谷里传出的"隆隆"的开山炮声。炮声震耳欲聋，回声悠长，空气中充满着浓郁的火药气味，这炮声不到天黑不会停止。至于"叮叮当当"的锤击声、撬动石头的号子声，更是此起彼伏，一浪高过一浪。因为住得分散，公路战线又长，往返回家路途较远，众人都把午餐带到身上。那是什么样的午餐呀？清一色的洋芋疙瘩，头天晚上就蒸好了，第二天早上用一块干净的布一包，挂在铁锨或钢钎头上就走了。中午时，随便就着哪股泉水或溪流，啃一口洋芋，再掬一捧泉水或溪水在口中，把堵在喉咙的洋芋给咽到肚子里。有什么办法呢？谁叫自己生在这重重叠叠的大山之中？谁叫自己想改变命运呢？好在山里的泉水和溪水没被污染，清澈透亮，加上山里人长年累月这样，那肠胃早已锻炼得如钢打铁铸一般，随便怎么吃怎么喝，都不会有闹肚子的。

"出事那天是5月4日……"项尔方心情异常沉重地回忆说，"5月4日，青年节，城里的青年在欢欢喜喜、载歌载舞地过节。可对于我们农民来说，除了过年，没有什么节日的概念。那天我们花蕚山的人，无论是青年还是老年，照样修路。因为周书记说了，年底前必须把路修通。当然，乡亲们看到了希望，积极性也非常高，都巴不得明天就坐上四个滚滚（轮子）的轿子（轿车）

洋盘一下！可没想到欢喜打破碗（被高兴冲昏了头脑），这天出事了……"

出事的地方叫"观音崖"，是整条公路最险要的地方，由项家坪村三组负责修建。

一阵惊天动地的炮声过后，人们又等了一阵，看见放炮地点的硝烟消散殆尽，这才从隐身的石洞和安全的地方走出来，朝各自的作业点跑去。

一切都没有违反放炮作业的有关规定和要求。

可是谁又能想到呢？

老光棍龚国林也回到自己作业的地点。他看见作业点上堆满了放炮落下的巨石，便拿起钢钎，准备将堆在地上的巨石撬起来推到山下去。

就在他将钢钎插进石缝中，"嘿佐嘿佐"地用力撬动石头的时候，从他头顶的悬崖上，掉下来一块升子大小的、被放炮炸松的石头，不偏不歪，砸在了他的头上。

龚国林连叫都来不及叫一声，便一头栽在地上。

旁边的人大喊了一声，丢下工具冲了过去。

没一时，工地上所有的人全都拥来了。

有人伸出手指，在龚国林的鼻子前探了一阵，激动地叫了起来："没死，还有热气！"

众人听了这话，也顾不得修路了，急忙七手八脚绑了担架，将伤者往山下送。

可还没等到送下山，龚国林便咽了气。

讲到这里，项尔方叹了一口气，说："因为山上穷，龚国林55岁了，一直没结婚，跟着他兄弟一起过。现在他还做得，兄弟肯定不会说什么，可以后做不得了，又怎么办？所以，半年前，村上根据他的实际情况，把他评为'五保户'。可评为'五保户'后，他还没享受到什么，就一下死了。这还不说，中午他和大家一样，只啃了几个冷洋芋在肚子里……"

一时，一种悲伤和恐惧的气氛笼罩在人们的心头。

事有凑巧，这天万源市市长来山上察看花萼山修路情况。一大早，他坐车来到官渡镇，然后从官渡镇母猪洞那儿上山，观音崖是上山的必经之地。他来到那儿，看见险要的山崖下面有个模样大约60岁的老人，个子不高，人很干瘦，头发花白，正赤裸着上身，使着一把十字镐在努力掘着里面的岩石。每掘一下，十字镐下面便冒出一团尘烟。市长看见那人胸前的肋条清晰可数，又见他那么用力，心里非常感动，便停下来对他说："大爷，才5月份天气，山上气温又低，你怎么不把衣服穿上呢？感冒了怎么办？"

老人连头也没抬，道："不冷，不冷，做起活路来怎么会冷？"

市长听了这话，突然产生了想和他拉会儿话的冲动，便又接着问了一句："大爷，你说这公路修通了好不好？"

老人仍然没有停下手里的活儿，瓮声瓮气地说："修通了怎么不好？平阳大道，走路甩手甩脚的，又不怕搭跟头摔到崖下，好得很嘛！"

市长突然笑了，道："可眼前很辛苦，你觉得累不累？"

老人又道："气力又不留起背黄沙，今儿用了明天又会来，有什么苦不苦、累不累的？"

市长心里突然涌起一股暖流，他也说不清楚是为什么，只觉得眼前这位村民太纯朴、太伟大、太能吃苦耐劳了！他又嘱咐老人快把衣服穿上，别感冒了，这才转身欲走。

就在这时，他看见老人身旁的石头上，有一只掉了瓷的搪瓷缸子，缸盖瘪下去了一大块，他觉得奇怪：修路带这么一只破烂的搪瓷缸子干什么？他走过去揭开盖子一看，才发现里面是几个煮熟的紫皮洋芋，便问老人："大爷，这些冷洋芋拿来干什么？"

老人答道："晌午饭呀！"

市长心里像被什么击打了一下，"咯噔"地跳了起来："中午就吃几个洋芋?"

老人这才抬起头，反问道："不吃洋芋，你说还能吃什么？"

市长听后沉默了一会儿，什么也没说便离开了。

傍晚时，传来了龚国林在观音崖被石头砸死了的消息。

那时，市长正和周永开、项尔方等人在花熊坪周永开的屋子里说着修公路的事。来报信的人把龚国林死亡的经过说完以后，市长突然说："我去看看！"

项尔方忙说："市长你就不去了吧，他是个'五保户'，我去安排一下后事就行！"

市长却说："不行，不管他是谁，他是为修路而死的，我在这里，去吊唁和安慰一下是必须的！"

周永开站了起来："我陪你一起去。"

市长一把将周永开按在凳子上，说："你年纪大了，行动不方便，来回又这么远的路，就不要去了。"说完又补了一句，

"有小项陪我去就行了。"

周永开想了一想，道："那行，小项，把市长照顾好，我在家里等你们。"

当市长和项尔方来到龚国林的弟弟家里，一看，市长惊得半天没说出话来：死者正是上午和他拉话的大爷！

天哪，老天爷这是在做什么呀？这么勤劳、忠厚、纯朴的老人，怎么眨眼之间就死了呢？

市长万分后悔：为什么当时连老人叫什么名字自己也忘了问呢？

市长在龚国林遗体前站了半天，难以表达自己内心那种复杂的感情。他把死者的弟弟叫过来，从口袋里掏出500元钱递上去，表示他对死者的深切悼念。

直到此时，人们才知道站在龚国林遗体前的是万源市的市长。

离开时，市长反复向项尔方交代，龚国林是为集体的事而死的，村上一定要把龚国林的后事办好，要鼓励大家不要因为这事影响了修路的决心，同时，以后要更加注意安全！

项尔方回忆说："市长都这么说了，我们就给龚国林的弟弟一次性补助了3700块钱。村上没有钱，这3700块钱还是从修路的资金里挤出来的。安葬那天，全组的人都去给他送了葬，大家心里都可怜和记着他呢！"

项尔方继续回忆说："就在龚国林安葬后两天，市长又带着交通局、林业局、环保局、旅游局和其他几个局的领导到花萼山上来了。他们先看了村民修路的现场，然后就到周书记住的地方开会。"

楚恩寿说："那天，我看见市长为花葶山的事，带了那么多局长来现场办公，便对周书记说：'周书记，来了这么多贵客，我去村民家里买点猪肉和酒回来……'可我话还没完，周书记就十分严厉地对我说：'买什么猪肉和酒？村民修路，每天吃的是洋芋，市长和局长就不能艰苦一下？不能搞酒，也不能搞肉，就是家常便饭，让大家也体验一下山上的日子！'我在负责办生活，一听这话有点作难了，就说：'周书记，我们总不能也只蒸两锅洋芋吧？现在不比过去，就是最普通的人家，客人来了也要炒点片片肉嘛！'他想了半天，答应我去村民家买两斤猪肉，但酒是绝对不能喝的。所以那天中午，招待市长和那些局长每桌便只有一盘回锅肉。"

周永开说："吃了饭市长就开会，他的话不多，言简意赅，他对局长们说：'花葶山村民修路，其艰难程度你们都看见了。认识花葶山，保护花葶山，开发花葶山，不只是花葶山人民群众的事，也不只是周书记的事，你我肩上都有不可推卸的责任！花葶山现在修公路，最缺的是什么？是钱。今天把你们带到山上来，就是要让你们有钱出钱，有力出力。你们别给我叫苦，把自己的裤腰带勒紧一点，也要挤点钱出来帮助花葶山群众渡过这个难关！实在没钱的，出力也行。怎么出法，回去动员你们的干部职工，到山上来参加义务劳动。什么时候公路修通了，义务劳动就结束……"

市长都这么说了，各个局的局长便纷纷表态，愿意挤出单位的办公经费来支持花葶山修路。

众人拾柴火焰高。最后一统计，十多个局的经费加起来，竟然有30多万元！

有了市领导的关怀和社会各方面的大力支持，花葶山人终于从龚国林的死亡阴影中恢复了信心和力量，重新甩开膀子大干了起来。

　　到年底，一条总里程10.08公里的"天道"终于修通了，整个工程仅花了72万元！

　　后来，许多人去看了这条公路，当听说这条公路前后才花了70多万元的时候，简直不敢相信自己的耳朵。他们说，这路即使放到山下，没几百万肯定也拿不下来！

　　通车那天，当花葶山人看见官渡镇那辆普通的黑色轿车摇摇晃晃开到山上来时，许多人都激动得流下了眼泪。从1995年周永开倡导修花葶山公路开始，花葶山人整整经历了十年的艰苦奋

通车后的花葶山公路（机耕道）

斗，手上的老茧也不知换了多少茬，终于实现了心中的梦想，怎么能不高兴呢？

周永开也非常高兴，他笑着说："看见通车了那一刻，我心里什么也没想，只想着我用不着去跳玄天观了！"

其实在那一刻，周永开心里非常清楚，花萼山公路虽然通了，可还没到庆祝胜利的时刻。因为严格地说，那还只能算是一条机耕道。然而这条机耕道一直在为花萼山的保护和发展保驾护航。2007年，经国务院批准，花萼山成为国家级自然保护区。面临新的发展机遇，花萼山需要一条更好的出行之路。

周永开一直在等待机会，他要让这条路变成像山下的柏油或水泥路面的康庄大道！

这样的机会终于让周永开等到了。

日历翻到了2008年，这时全国主流媒体的大报小报，先后报道了周永开离休后在花萼山植树护林、保护生态环境和带领群众致富的事迹，"周永开"这三个字，一时像是半天云里敲响的金钟——天下闻鸣（名）了。新上任的达州市纪委书记，深以老书记的事迹为荣，在全市纪检干部中开展了向老书记学习的活动。这年，他带领市级机关全体纪检干部，到老书记战斗的地方——花萼山来开展造林活动（后来他们植的这片林子被誉为"清风林"）。周永开抓住这个机会，向他详细讲述了花萼山人修路的情况，并表达了希望能在他的帮助下，把这条路用沥青或水泥给硬化了，让花萼山人拥有真正的公路。

在后来的采访中，花萼山人都一致称赞这位纪委书记是一位办实事的领导。为什么呢？他回去没几天，便带着达州市交通局局长和万源市委书记、万源市交通局局长以及工程技术人员等一众人到花葶山来，现场办公，现场拍板，没用多长时间，便将花葶山公路硬化问题给解决了。

项尔方回忆说："市上给了600万元，县上给了200万元，一共800万，资金问题解决了。市纪委书记还说，花葶山人民群众修了十年路，没要一分钱报酬，这次不能再让他们白出劳力了！公路硬化直接由市交通局负责，该拓宽的拓宽，该砌堡坎的砌堡坎，该重新砌涵洞的重新砌涵洞，一定要给花葶山群众交一份满意的答卷。就这样，公路修成了现在这个样子，质量当然是很好哟！过去只有小车能勉强开上去，现在几十吨重的大货车，开上去也不成问题了。"

是的，花葶山人民就这样结束了祖祖辈辈手爬岩的历史。当

路面硬化后的花葶山公路

花萼山人满怀激动和希望走在这条平坦宽阔的水泥大道上时，周永开又把思索转到了花萼山的另一方面。

璀璨灯火耀深山

　　公路的修通，等于是周永开给花萼山人打开的一扇"天门"，使花萼山人能够顺利地走出封闭的大山，加强与外面世界的交流和联系。可要让花萼山人更进一步获得外面世界的信息，以便认识和走进这个五彩缤纷、复杂多变的世界中，周永开还得为他们打开另一扇更重要的"天门"。

　　这扇"天门"便是解决花萼山人用电的问题。

　　从周永开上山第一天开始，他就在为这个问题而上下求索了。

　　周永开讲了一个有趣的小故事——

　　那是他上山不久，他看见蒋大华每天晚上都在一星如豆的煤油灯光下给学生批改作业和备课，很担心蒋老师的视力会严重下降。他想：要是蒋老师能够像城里的老师一样，在明亮的电灯光下批改作业和备课，那该多好呀！

　　可是在这山上，又哪来的电灯呢？

　　有一天，刚下过雨，周永开走出屋子，忽然听见从蒋大华屋角传来"哗哗"的、很轻快很响亮的流水声。他急忙走过去一看，原来是从山上下来的一股溪水，从上面岩壁上如一道瀑布般直冲而下。周永开一看那溪水的落差有三四米高，心想：要是在上面挖一口储水池，把水储存起来，然后买一部水冲式微型发电机安在蒋大华家里，用一根引水管连接水池和发电机闸阀，利用水的力量冲击发电机的涡轮，不就能发电了吗？

周永开立即喊来楚恩寿，把自己的发现告诉了他。楚恩寿在部队时就被称为"万事通"，在煤矿工作时还做过兼职电工。他看了看水流高度，又目测了一下水的流量，高兴地说："苞谷地里抓王八——十拿九稳！"

周永开一听楚恩寿的话，更坚定了信心，说："我们就来试试。成功了，也算帮蒋老师改善一下工作条件；失败了，损失也不大。你明天就去把微型发电机和引水管等设备买回来，我们说干就干！"

楚恩寿陪着周永开长期住在亲家公亲家母家里，心里正有些过意不去，现在有这样一个机会报答他们，又何乐而不为呢？

晚上，周永开问蒋大华："蒋老师，你想不想在电灯光下批改作业？"

蒋大华说："周书记开啥子玩笑哟，我哪个不想？只是提着自己的头发上天——办不到。"

周永开说："你放心，我一定要让你在电灯光下批改作业。"说完，便把自己的想法告诉了他。

蒋大华吃惊得瞪大了眼睛："水能转化为电能的原理我知道，可从没见过真正的发电机，那么点水，真的能发电吗？"

周永开说："能不能发，试试就知道了。"

第二天，楚恩寿下山买了一台220伏的小型水冲式发电机和一根50毫米的压力水管以及一只25瓦的灯泡、几米电线回来。

紧接着，他们在蒋大华屋后小溪上游开挖了一口五六平方米的蓄水池，还在蓄水池的出口修了一个拦污栅。

楚恩寿仅用了半天时间，便把发电机、引水管及家里的电线、灯泡等安装好了。

天黑了。

大家听说蒋大华家里安装了发电机，今晚上就要发电，这消息早就像长了脚一样传遍了项家坪村。这样的事花萼山上的人别说见过，就是听也没听说过。天还没黑，就有许多看稀罕的人跑到蒋大华家里来，等着这一庄严时刻的到来。

决定成功与否的时刻到来了。

大家的眼睛全盯着控制箱上的那个红色按钮。

周永开让蒋大华自己去按那个红色按钮，蒋大华却生怕失败，手哆嗦了一阵都不敢去按。

周永开便走过去，将手指搭在按钮上，看着众人，用力按了下去。

众人只听得"咔嗒"一声，那颗悬在蒋大华桌子上方的电灯"唰"的一下亮了起来。

众人惊叫了一声，似乎眼睛被那强烈的灯光给刺激到了，纷纷把头扭到一边。

成功了！花萼山人第一次在山上看见了电灯，便纷纷打听起这台发电机的价格来。当得知这台小型发电机只需要300多块钱时，一些家境好点的人都动了心。

后来，有好几家人都在自己屋后溪流经过的地方，挖了蓄水池，买了小型发电机回来发电。

可是没过多久，除了蒋大华家这台小型发电机，山上的其他小型发电机就都"罢工"了。除了溪水易涨易落的原因，还有一个更重要的原因，就是山里人一忙活儿，就忘了清理蓄水池中的杂物，那杂物一进入引水管，影响进水，发电机自然也就无法正常工作了。还有一些压力管长期裸露在地面，被老鼠或其他动物啃坏，漏水漏气，或雨滴直接滴到了发电机上，烧坏了电机。

周永开知道，这种小型发电机只是一种试验，要想真正解决山上的用电问题，还得依靠国家电网。

他找来工程师，以最近的线路勘测，预算一出来，他吓了一跳：最低也需要200万元。这在20世纪90年代中期，可是一个天文数字呀！

周永开又想，在项家坪村三组那儿，利用山谷落差，建一个小型水力发电厂，只需资金10万元左右，容易实现。但专家去一看，行是行，可发电量不会很大，最多只能解决两个组的照明，况且受季节影响，难以持久……

这一方案，也只能暂时搁置下来。

可周永开一直没有放弃让花萼山群众用上电的努力。

官花公路修通后，周永开见花萼山公路这扇"天门"已被打开，觉得是努力争取打开另一扇"天门"的时候了。

此时，周永开对仰仗国家电网往花萼山送电充满了信心。他向村民总结了两条充足的理由：一是花萼山这时已经成为省级自然保护区，国家级自然保护区也正在申报，无论省上、市上、县上，对花萼山的重视已经达到了前所未有的程度。二是国家实行了"村村通"工程，花萼山是达州市最后一个没通电的地方，此时不去争取，更待何时？为了今后花萼山发展旅游的方便，他按照十多年前在项家坪村党员大会上讲话的思路，设想了整个电网线路，即从官渡变电所接线，连接南天门、玄天观、鸡冠寨、九龙池、花熊坪、长池子、大窝宕、野猪槽等景点，只要把这些景点都连接通了，整个花萼山的用电问题也就解决了。他怀揣着一份解决花萼山用电问题的请示，带着村支书项尔方，又踏上了一个新的征程。

项尔方回忆说："争取拉电没费好多力气。周书记带着我先到万源市供电局，然后到达州市供电局。这两个地方的领导都很重视，因为我们是全市唯一没有通电的地方，不把电拉通，他们脸上也无光嘛。那个时候国家又有政策。但在立项的时候，我们还是遇到了一点麻烦，因为我们那个地方一直没有电，不叫农网改造，叫新建电网，得新立项目。好在达州市供电局领导很支持我们，把这个项目纳入了扶贫项目。市、县两级电力部门要我们也投一些劳力，比如挖窝子、抬电杆、立电杆等。"

谈起这个话题，周永开还十分激动，他说："整个电网工程，纳入了国家计划，但是那些电线杆子，有的要立在森林里，有的要立在悬崖上，起重机去不了，还得要老百姓自己抬。年轻人都出去打工了，家里剩下的，大多是老弱病残。可为了用上电，十个老头抬一根电杆，硬是没喊一声苦。不但没喊一声苦，劲还大得很！别说我看见了心里感动，就是来架线的工人见了，也十分担心出问题，不时叫道：'老大爷们，你们慢点！'这些老头反而对工人说：'你们别管我们，赶快给我们把线架起，我们有的是劲！'那么陡的坡，那么重的电杆，硬是靠山上那些老头抬去立起了。所以毛主席说历史是劳动人民创造的，这是真话。只要政策顺了群众的意，群众下了决心，就没有办不成的事情！"

正因为人民群众焕发出了极大的热情和力量，原计划半年才能完成的工程，不到四个月的时间便全部完成了。

竣工这天，花萼山上举行了一个隆重的通电仪式。

这是花萼山有史以来最热闹的一天！

官渡镇党委、政府的领导，官渡镇的企、事业单位负责人，不但打着彩旗来了，还带来了腰鼓队；

万源市委副书记、万源市人民政府副市长及万源市供电局的领导和职工代表来了；

达州市供电局局长也带着一群干部来了……

这天，周永开显得特别庄重，他换了一身崭新的蓝色中山服，新修了面，阳光映在他紫铜色的面孔上，显得格外精神。

这天，花萼山的村民也仿佛过节一般，全都不约而同地换上了新衣服，一张张朴实、黧黑的脸上洋溢着喜气，等待着那个最激动人心的时刻到来。

这一刻终于到来了！在领导简短的致辞后，达州市供电局局长走过去，亲手合上了电闸。

顿时，万千颗明亮的星星，在群山深处闪烁了起来。人群沸腾了起来，群山沸腾了起来！有人喜极而泣，有人欢喜得把昨天晚上还在点的煤油灯拿出来扔掉。

去吧，去吧，花萼山人用桐油、煤油照明的历史从此结束了！

当花萼山这个观察、认识、了解世界的"天门"被打开后，许多人第二天就迫不及待地跑到城里买回了电视机——他们希望能尽快融入这个时代的潮流中，去拼搏，去奋斗，像花萼山的珍稀野生动物金雕一样，在广阔世界里展翅翱翔。

花萼山的历史从此掀开了新的一页！

大爱无痕

写到这里，有必要回头再说说周永开的家务事了。

清官难断家务事，可周永开的家务事并不难断，因为一切矛盾都是围绕着他上花萼山开始的。

在周永开决定去花萼山之前，儿女们就持坚决反对的态度。在最初的争吵过后，儿女们见父亲没再提上花萼山的事，以为父亲已经回心转意，私底下还为姐弟们的"统一联盟"取得胜利而高兴。可没想到突然之间，周永开连和他们说都没说一声，就挂起拐棍去山上安营扎寨了。

儿女们心里实在憋屈："爸呀爸，不赞成你上山，是为了你好啊！你都快70岁的人了，能不能让我们少担些心？"

儿女们恼了："既然你硬是要去自讨苦吃，那我们也来做回犟拐拐（固执的人），看谁犟得过谁！"

儿女们下定了决心，可毕竟身上流着的是父亲的血，打断骨头连着筋，这决心易下，坚持却难呀！

儿女们自周永开上山后，一直赌气不去看他。可坚持了两年，就再也坚持不住了。

1996年春末夏初的一天，大女儿周平，二女儿周华，大儿子周南生，大儿媳靳豫蜀，二儿子周明生，二儿媳刘正林，终于上花萼山来了。

这可是一支庞大的亲人队伍呀！大女儿和二女儿都是特地从外地赶回来的。他们亲自到山上来看一看后，会放心一些。

他们头天下午从达县出发，在万源城里周永开的"第一接待站"——楚恩寿家里住了一晚上。

第二天一早，乘车到官渡镇，从官渡镇上山，傍晚时到达项家坪村李如银家里，一行人再也走不动了。别说女人们，就是周南生和周明生两个大男子汉，也觉得双腿像被抽了筋一样，又酸又疼，软得不行。这也完全可以想象，一直生活在城里的他们，哪走得惯这样的山路呀？他们不由得在心里一遍又一遍地喊了起来："天哪，老爷子经常上山下山，他是怎么走惯了这样的山路的？"

没办法，一行人只好在李如银家里住了下来。晚上还闹出了一个笑话：在城里蹲惯了抽水马桶的女人们，怎么也不敢到李如银家那臭气熏天、蚊虫成团的茅坑去"方便"。没办法，李如银的女人只好打着手电筒，把她们带出来，到野外大树底下去"方便"了。

第二天在李如银家里吃过早饭，一行人才又坚持着往花熊坪周永开住的地方走去。

等他们气喘吁吁爬到花熊坪周永开花600块钱买来的那座房屋前一看，个个都像心碎了一般：这是什么样的地方呀？孤零零破屋一座，周围除了大山还是大山，冷冷清清的。女儿和儿媳妇心里一酸，眼泪就"唰唰"地流了下来。此时，无论是儿子、女儿还是儿媳妇，睹物思情，一时又疼、又怨、又爱，心里真是五味杂陈，柔肠百结呀！

父子间一场冲突在所难免。

周南生和周明生又把两年前对周永开说的话翻了出来：
"爸，你不要这么折腾了好不好？你还以为自己是二三十岁的小伙子吗？你都七老八十了！你又不是吃不起饭，穿不起衣，有一份退休金，你这是何苦呢？"

周南生和周明生说着说着，喉咙哽了起来。

周平和周华见俩弟弟声音哽咽，接过了话去："爸，弟弟说得很对，哪个做儿女的心都是肉做的，你看看你在这山上住的、吃的、睡的、行的，哪样能比城里？你叫我们怎么放心得下……"

周平、周华比两个弟弟更易动情，话音未落，泪珠早已簌簌而下。

周永开是第一次见儿女为他的事伤心流泪，心也有些软了。他破天荒收敛起了刚硬的个性，用怜惜的目光望着孩子们。可他又不甘心服输。听完周平、周华的话，他想了半天，决定先发制人，于是严肃了脸，掷地有声地说："你们说得没错，可你们不要忘了，我不光是你们的爸，我还是一名共产党员！几十年前，我就宣誓要一辈子追随共产党，党叫我干什么就干什么，一辈子心里装着人民群众。我到花萼山来，正是践行我入党时的誓言。你们今天来，如果仅仅是以儿女的身份和我说话，那你们就不要再说了。你们都是党员，我还是希望我们能以共产党员的身份对话。我在这山上吃的住的当然比不上城里，可我到这山上是来做事情的，不是来享福的，条件差点有什么？我今天也打开天窗说亮话，花萼山群众不摆脱贫困，我绝不会跟你们下山！"

这么一说，周平和周华便说不出话来了。

周南生和周明生毕竟是儿子，一听父亲这话，觉得姐弟几人的好心都被父亲当作驴肝肺了，愈觉委屈，便没好气地说："不回去，我们今天也喊明叫响说，你今后就别怪我们不孝了……"

周永开听明白了儿子话里的意思，更生气了："我以后不要你们管，死了就埋在花萼山上。"说完又强调了一遍，"我生是花萼山的人，死是花萼山的鬼，在花萼山死了，就把我埋在山上，在坟头给我栽一棵树就行了……"

周南生、周明生万万没有想到，当年父亲的一句气话，20多年后真被他当作一个重大的心愿写进了他的遗书里。

在周永开父子发生这番冲突时，楚恩寿正好在场。楚恩寿见周永开和儿女们争执不下，急忙出来打圆场。

楚恩寿回忆说："我把周南生、周明生拉到一边，是这样告诉他们的：'周大哥，你爸离休前，是个工作狂，退下来后，没事干人就觉得心里不踏实。现在他想来这山上做点事，说官话叫发挥余热，说私话叫充实晚年生活，是件好事呀！我知道你们都是大孝子，担心他在山上会怎么样。请你们放心，你们就把我成你们的一个亲兄弟，我会替你们照顾好他的。'听了我的话，他们对我说了一堆感谢的话，这才不说什么了。"

儿女们在山上住了两天，真的看见楚恩寿、李如银像亲人一般照顾着父亲，又见山上的老百姓对父亲也十分亲热，这才放心地回去了。

在周永开的儿孙辈中，对他感情最复杂、内心最矛盾的是他孙女周婧。

周婧说道：

"爷爷上花萼山的时候，我才上小学。一到周末，爸爸妈妈都要带着我到爷爷家里去。可每次去，都只有婆婆（奶奶）一个人在家里，看不到爷爷。那时年龄小，不懂事，有一次，我就问婆婆：'婆婆，我爷爷怎么老是不着家？'

"婆婆瞪了我一眼，说道：'傻丫头，你爷爷忙着呢！'

"我说：'爷爷都退休了，忙什么呢？'

"婆婆说：'你爷爷到花萼山栽树去了！'

"我不知花萼山在哪儿，又问：'花萼山有多远？'我当时心里想：如果不远，我就去看看爷爷。

"可婆婆说：'远着呢！'说完又补了一句，'老远老远的，你走不去！'

"我当时就纳闷了，又问婆婆：'爷爷为什么要到很远很远

周永开参加植树活动

的地方去栽树？他就在我们附近栽树不行吗？'

"婆婆大概被我问烦了，或者她对这个问题也一时回答不上来，就对我说道：'你问我，我问谁呢？以后去问你爷爷好了！'

"小时候，我也是一个喜欢唱唱跳跳的小姑娘。学校经常组织学生搞一些文艺演出，比如六一儿童节呀，国庆节呀，等等。爸爸妈妈要上班，很多家庭都是爷爷婆婆来给孩子当啦啦队，看孩子们的表演。看完演出后，有的还要给自己的小宝贝买点小礼品或零食当作奖励。可爷爷从来没看过我的演出。那时，身边的小朋友都知道爷爷是个老革命，在他们眼里，爷爷就是一个了不起的大英雄呢！我多么希望我也能像别的小朋友一样，演出完后让爷爷夸一夸、抱一抱、亲一亲，或者当我考好了，老师在台上表扬我时，爷爷能在台下听。可是我没有这样的机会。因此，从小我对爷爷都有一种失望的感觉，或者说，爷爷的形象从小在我的脑海里都有些陌生。

"后来渐渐长大了，到了初中懂事一些了，从婆婆和父母的交谈以及媒体的一些报道中，我才知道爷爷在花萼山上不光栽树，还护林、修路、帮助村民发展生产。一句话，他在山上是在为老百姓做好事。到高中时，爷爷回家的时候多一些了，有时我星期天去他家里，都能碰见他了。可每次去，他要么是伏在桌子上写东西，要么是在打电话。那时我非常纳闷，他都离休这么多年了，电话怎么还这么多？一会儿就是一个，仔细听，说的全是花萼山的事情。什么学校的事呀，什么修路又缺资金了呀，什么联系发电机的事呀，啥事情都有。原来他人回到了家里，心却没有回到家里，更顾不上问问我的学习情况了。

"高中毕业后，我考上了四川警官高等专科学校（今四川警察学院）。毕业后，一时没找到工作。那时，爷爷的事迹经过媒体报道，早已远近闻名了，加上他又是老革命，我想让他帮我联系一个单位。可他听后却说：'要找什么单位？只要是有利于党、有利于人民、有利于社会的，什么工作你都可以干，不一定非要进什么单位，当什么官嘛！当官不为民做主，不如回家种红薯。'

　　"我听了这话，便问他：'那你说我一个女孩子能干什么？'

　　"爷爷想了想，说：'要不然你去开出租车嘛，开出租车也是有利于国家的事嘛。'说完他又补了一句，'你去开出租车，爷爷支持你！'

　　"我一听这话，眼泪差点都流了出来。我并不是瞧不起开出租车这个行业，而是因为我生在一个警察之家，爸爸、妈妈、二爸、舅舅都是警察，从小到大，也生活在公安局家属院里，很早就有一个警察梦，所以大学志愿才填报的警官学校。当时公安系统因为警力紧张，正在向社会招收协警，只要爷爷打声招呼，给我联系一个协警的临时工作，是完全办得到的，何况我还是正儿八经的科班出身呢！没想到他给我指的路是去开出租车，不但如此，还给我讲了一通大道理。

　　"当时我真是失望极了！我听别人说，老年人都是隔代亲，可我长这么大，从没享受到这种隔代亲的温暖。由此我断定爷爷不爱我。

　　"后来我凭着自己的努力，通过国家公务员考试，实现了自己的警察梦，被分配到万源市的罗文派出所，在那儿一干就是六年。后来发生的一件事，使我彻底改变了对爷爷的看法。

"2009年，我加入了中国共产党，那个周末，我回去告诉了爷爷。爷爷听说后，高兴得连连说：'好哇，好哇，我们家里又多一名共产党员了！我孙女不错，进步很快，爷爷今晚上要给你开庆功宴。'

"说完，爷爷就叫婆婆去买菜，晚上果然把我爸爸妈妈、二爸二妈都叫来了。那天晚上，我觉得爷爷说的话比过去20多年对我说的还要多。他先对我爸我妈和二爸二妈说：'今天晚上为周婧开庆功宴，大家先为周婧干一杯，祝贺她成为一名共产党员！'

"等大家喝了酒，他又说：'我孙女在单位干得不错。某年某月，她得到了领导的口头嘉奖；某年某月，她又受到单位表彰；某年某月，她又因为对来办事的群众热情，受到了群众夸奖……'

"我一听觉得奇怪：这些小事，连我都忘记了，他是怎么知道的？于是我就问他：'爷爷，你怎么知道得这么清楚？'

"他'呵呵'地笑出了声，说：'我孙女的事，我怎么会不关心呢？告诉你，我可有千里眼顺风耳呢！你要是不争气，给家里抹了黑，爷爷早就来理抹（收拾）你了。'

"我这才知道，爷爷表面上没关心我，实际上我的一言一行，都没有逃过他的眼睛。他早就掌握了我的一切。想到这里，我的眼睛湿润了。

"爷爷接着说：'你刚毕业回来，想让爷爷托关系给你找个临时工作，爷爷没答应，我知道你那时对爷爷很有意见。不是爷爷办不到，是爷爷压根不能给你办，因为这有违爷爷做人的原则和我们家的家风。你的祖祖（曾祖父）你是见过的，从新中国成立后，爷爷就当官，先是巴中县委书记，后是达县地委副书记、纪委书记，你祖祖就在家里种地，当农民。不管是三年困难时期，还是平时什么时候，他老人家从没要求我给家里办任何一点私事！每次我回去，他总是对我说："你当官就要当个好官，当个老百姓拥护的清官。你不要管我们，现在有共产党领导，日子越过越好了！爹在家里老老实实种地，你在外面安安心心当官，只要老百姓夸你好，爹就心满意足了！"你女祖祖（曾祖母）90多岁死了后，我想把他老人家接到达县来，可他老人家硬是不来，说："我来了要影响你做事，我就在家里，能做多少做多少，你放心，饿不着我的！"他老人家活到103岁才去世，从我17岁参加革命，做了几十年的官，他老人家都是本本分分、老老实实做一个农民，从不给我找半点麻烦，只要求我做一个清官、好官。这就是我们家的家风，我可要把这个家风好好传承下去……'

"说到这里，爷爷停了一下，还是看着我说：'你既然成了共产党的一员，从今以后，就要牢记自己的入党誓词，一辈子追随党，兢兢业业，干一行，爱一行，做好群众的表率……'

"爷爷说着，目光从爸爸妈妈、二爸二妈身上掠过，然后接着说：'今天这屋子里三代人，全是共产党员，这是我最值得骄傲的地方，因此我要在家里设一个"家魂奖"。到了年底，你们都要来说说，这一年自己为党和人民的事业做了哪些好事？贡献有多大？好事做得多、对党和人民的事业贡献大的，我给你们发奖……'

"说着，爷爷突然像小孩子似的笑了笑，说：'不光有精神

奖励，还有物质奖励哟！'

"说完，他从口袋里掏出800块钱来，一边挥舞一边说：'这第一个"家魂奖"，就奖给周婧，祝贺她光荣地加入中国共产党，希望她永远追随党，为党的事业不懈奋斗！'

"爷爷说着，把钱郑重地递到我面前。

"我一下愣了！从小到大，爷爷都没给过我钱，即使是小时候的压岁钱，爷爷也没给过，说共产党人不兴这些。可现在，为庆贺我入党，爷爷竟然破天荒地奖励我800块钱。800块钱是小事，但足见我加入中国共产党，在爷爷的心目中是何等重要呀！

"从此，我不但知道了爷爷对我有爱，而且还是最深沉的人间大爱。"

花萼山之子

周永开从1994年上花萼山，到2013年花萼山被国家列入自然遗产名录，他在花萼山住了近20年。周永开这么多年的心血没有白费，花萼山的路通了、电通了，花萼山人追赶上了现代化生活的步伐，花萼山的孩子走出了大山，出了第一代大学生。更重要的，花萼山人懂得了生态环境保护的重要性。现在在花萼山，村民不但不再砍树、放牧、打猎、挖笋，还自觉承担起了保护花萼山的责任，而且自发形成了植树造林的热潮，都想把这片绿水青山打造成金山银山。

1996年7月，在周永开的不断呼吁、反复争取下，万源市人民政府下文建立花萼山自然保护区，整个保护区总面积5.3万亩，并在原周永开和花萼山村民自发成立的"花萼山自然保护区管理所"的基础上成立"花萼山生态自然保护区管理所"，隶属林业局（后变更为环保局主管）。

项尔方说："保护区管理所才成立时，工作人员没有办公的地方，于是也住在花熊坪周书记那座房子里，既是办公的地方，也是宿舍。周书记把床腾出来，办公桌也交给了他们。原先的护林联防队员，管理所招收了30个进去。保护花萼山的压力，我们就小多了。只有在大事情上我们才参与一下，一般的情况就是他们在管。"

楚恩寿说："保护区管理所在周书记原来那个老屋里办了两年公才搬走。2009年重新修了一个保护站，那个保护站修得很漂亮……"

1999年1月，万源市花萼山自然保护区被四川省人民政府确定为省级自然保护区。

2004年，万源市成立了以市长为组长、副市长为副组长、相关部门负责人为成员的申请建立花萼山国家级自然保护区领导小组。

2005年1月，花萼山国家级自然保护区申请通过国家级自然保护区评审委员会初审。是年，四川省自然资源研究所组织生态学、植物学、鱼类学、鸟类学、兽类学、昆虫学、土壤学、地理学等多学科专家两次到保护区考察研究，汇编成《四川花萼山自然保护区综合科学考察报告》和《四川花萼山自然保护区总体规划报告》。写成《申报书》，并请专业机构配制声像、图片资料。5月底，申报材料报送国家环境保护总局；11月，国家级自然

群山中的花萼山生态自然保护区管理所

保护区评审委员会通过评审，确定花萼山为国家级自然保护区。

2007年4月，国务院正式批准花萼山为国家级自然保护区。

2013年11月，花萼山被国家遗产办列入国家自然遗产预备名录，名录中称：

四川花萼山国家级自然保护区位于华中地区西侧，是北亚热带地区的典型代表区域。该区地质历史古老、地层发育完整、地貌复杂多样、生态系统原始，其自然环境复杂，地质、地貌、气候、土壤、植被、生物区系和自然景观资源都显现出极其丰富的多样性，其自然综合体具有重大的科学意义和保护价值。世界自然基金会"Ecoregion.200"、《中国生物多样性保护行动计划》、《全国生态环境保护纲要》都已将该地区列入我国生物多样性保护的关键地区和优先、重点保护区域。同时，该区域是长江中上游两大一级支流汉江、嘉陵江的发源地和分水岭，其自然生态系统的稳定性对长江流域中下游地区的生态安全性起着重要影响。

保护区内的珍稀动植物，《万源市志》有如下介绍：

> 保护区有成片完整的北亚热带常绿阔叶林和百年以上罕见的北亚热带高山原始灌丛生态系统，地质特殊、古老，地层发育完整。植物170余种，其中国家一级保护植物有红豆杉、南方红豆杉、珙桐、光叶珙桐、独叶草等，国家二级保护植物有崖柏、金钱松、秦岭冷杉、巴山榧、台湾水青冈、鹅掌楸等25种，此外，黄杉、穿龙薯蓣、水青树、巴山林竹、贝母、多钗石斛、野生蜡梅及多种兰花等珍稀植物种类都极具重要保护价值。野生动物200余种，其中国家一级保护动物有豹、水獭和白鹤3种，国家二级保护动物有黄喉貂、水鹿、斑羚、金猫、大灵猫、豺、黑熊、猕猴、红腹角雉、红腹金吊鸡、长耳鸮、大鲵等25种……

是的，花萼山是独特的，在今天生态灾害、生态危机已成为全球性问题的时候，周永开离休之后，以近70岁的高龄，来到花萼山保护生态环境，呕心沥血改变花萼山的贫穷落后面貌，在山上坚守了近20年，也是非常特别和少有的。

周永开是一块闪闪发光的赤金，他用自己76年的执着奋斗履行了入党时的誓言，把一生交给了党，交给了人民。他在花萼山扶危济困、捐资助学，和花萼山人民风雨同舟、实干苦干，把人民群众当亲人，呕心沥血地帮助和带动老区人民脱贫致富。用楚恩寿和花萼山群众的说法：他是真正的共产党员，大写的共产党员，一个一生忠诚于党、全心全意为人民服务的中国共产党党员！

那天通电仪式结束，周永开在送走客人后正拄着棍子往花熊坪走，忽然听见身后一个声音在喊："周老汉儿……"

周永开停下脚步。他以为那人是在叫另一个姓周的什么人，可他四周并没有其他人，于是问那人："你是在叫我吗？"

那人跑了过来，朝周永开笑了笑，有些不好意思地说："我叫你周老汉儿，你不得生气嘛？"

周永开一听这话，心里立即涌上一股热乎乎的暖流。在山上生活了这么多年，他知道"老汉儿"有两层含义，一是称呼自己的父亲，二是尊称山上德高望重的老人。总之，只有当一个人被村民视为他们的自己人和尊者时，他们才会给你这样一个包含着敬意和亲切的叫法。周永开再一认真看，心里蓦然一惊——此人不是别人，正是当年跟着蒋大祥一起叫他"周癫子"的人。周永开愣了好一阵，才看着那人问："你真的叫我周老汉儿？"

那人说："大伙其实早就想叫你周老汉儿，可又怕把你叫小了，所以还是叫你周书记……"

那人话还没说完，周永开急忙说："不小，不小，我离休都

20多年，早不是什么书记了。你们如果不见外，以后就叫我周老汉儿，我喜欢这个称呼！"

那人说："那好，以后我们就这样叫你了。"

那人走后，周永开还站在原地久久没动。他眺望着群山，两只金雕在群山之巅，绕着圈子姿态优美地缓缓飞翔着。他看了一阵，泪水突然从眼眶涌出来，模糊了他的双眼。快20年了，他由"周癫子"变为"周书记"，再从"周书记"变为今天的"周老汉儿"，他终于得到了花萼山人民的承认，成了一名真正的花萼山之子！

"周老汉儿"，这难道不是花萼山人民群众给自己的最高奖赏吗？

泪眼模糊中，周永开眼前忽然晃动起刘子秀、蒋大祥以及钟方元（钟方元因病也早离开了人世）的形象来。周永开突然一惊："在今天这大喜的日子里，怎么想起他们来了呢？"可细一想，又觉得一点也不奇怪，因为这么多年来，无论是刘子秀、蒋大祥，还是钟方元，周永开从来没有忘记他们。他们的形象会时不时从他脑海里蹦出来，督促着他兑现当初的诺言。正是他们以及花萼山和他们一起奋斗的1000多位乡亲的理解、支持、监督与鞭策，给了他战胜一切困难的勇气和信心。

他在心里喃喃地对钟方元说道："钟老弟呀，还记得我给你承诺过的那句话吗？我说共产党一定能，今天不就实现了吗？假如你再投胎到花萼山，再不用担心找不到老婆了！"

说完又对刘子秀说："刘子秀呀，我今天喊你一声刘幺妹，我周永开有些对不起你。我想，要是你活到今天，你肯定不会再上山挖笋子了，也不会用那样决绝的方式结束你宝贵的生命了。

不但你不会，我敢说，今后花萼山再也不会发生你那样的悲剧了！"

接着又对蒋大祥说："蒋大祥蒋老弟，我知道你心里有些恨我。你做的事虽然有些愚蠢，但可怜天下父母心，我能够理解。过去的事不说了，今天我周永开要告诉你，花萼山已经不是过去的花萼山了，你的三个儿子现在全都娶上了老婆。他们都很优秀，你放心，他们的日子会越过越好，你在天之灵安息吧！"

清气满乾坤

现在，让我们把时间推进到2021年6月24日晚上。第二天，周永开就将从达州出发，由儿子、孙女陪同，经成都赴北京参加庆祝中国共产党成立100周年"七一勋章"颁授仪式。这一消息早在几天前就不胫而走，在这个赴京的前夜，周永开的战友、同事一吃过晚饭，便拥到老人位于达州市通川中路那间建于20世纪80年代的老旧楼房的客厅里，和邻居们一道，向他表示亲切的祝福。小小的客厅里充满着欢乐、祥和、喜庆的气氛。

　　周永开一边听着大家热情洋溢的话语，一边乐呵呵地招呼众

周永开

人，头顶上柔和的灯光清晰勾勒出他93岁高龄的身躯的轮廓——一个普通得不能再普通的慈祥老人。中等个儿，圆脸庞，脸部皮肤有些松弛，眼袋也有些浮肿和下坠，脸颊上也和上了年纪的老人一样，长有几块不深不浅的老人斑。背微微佝偻，穿一件蓝色中山装，风纪扣扣得工工整整，别在胸前的那枚中国共产党党员徽章闪着熠熠夺目的光芒。

他对大家说："同志们，我没什么好祝贺的，因为成绩不是我一个人的，应该归功于党，归功于人民！我只做了自己应该做的事，我衷心地谢谢大家……"

一语未了，老同事李仕德说："还没什么好祝贺的？全国9500多万共产党员，这次被授予'七一勋章'的只有29个人，几百万党员中才有一个，那还不是扳手敲轮胎——真叫梆（棒）吗？"

话刚说完，一个年轻人也抢着说："周爷爷去年获得'全国优秀共产党员'称号，今年又被授予'七一勋章'，真是绿绸衫上绣牡丹——锦上添花啰！"

一个中年汉子接过年轻人的话，说道："我们周大哥获得再多的表彰和荣誉，都是实至名归的。"

满屋子的人听了这话，都一齐鼓起掌来。

老人看着一张张熟悉而亲切的面孔，听着他们发自肺腑的话，眼睛湿润了起来。他感激地看着众人，对大家说："感谢你们的鼓励，我刚才说不值得大家来祝贺，是心里话。我这一生就是一个'小'字：我们这个地方是个小地方，我这个人物是个小人物，我做的事情也是些小事情。我这辈子干的最大的事情，就是有幸加入了中国共产党！我的一切都是党给的，没得中国共产党，我啥子都干不成……"

说到这儿，周永开看着满屋子的人都在静静地看着他，于是他清了清嗓咙，努力平息了一下内心的激动，才又饱含深情地继续说了下去："党中央去年表彰我为'全国优秀共产党员'，今年又授予我'七一勋章'，这是给我的极大荣誉。我是穷人家的孩子，这一辈子走的都是党指引的路。以前常走的山路我现在走不动了，但是一个共产党员心中的信仰之路，我要一直坚定地走下去，以此回报伟大的党和人民！"

说到这儿，周永开再次停了下来，眼前又浮现出了1945年秋天化成小学后山那个入党宣誓之夜，他的血液又像当年一样沸腾了起来。

"我这辈子干的最大的事情，就是有幸加入了中国共产党！"这是他的肺腑之言。

"党是我一生的追随！"70多年的岁月，本色不变，信仰永存，他做到了。为了感谢党恩，表达自己对党至忠至诚的赤子之心，使共产主义事业后继有人，离休以后，他组织巴中奇章中学、化成小学及达州蒲家中心校、宣汉宏文学校等12所学校，成立了"巴山渠水共产主义运动友好学校联谊会"。这些学校都是新中国成立之前川陕革命根据地共产党人培养革命人才的学校，具有光荣的革命历史和传统。周永开拿出钱，在这些学校设立了"共产主义奖学金"，他亲自到学校为学生讲课，颁发奖学金，用共产主义理想教育师生，培育"四有新人"，有力推动了学校的德育教育。

2011年，在庆祝中国共产党成立90周年之时，他拿出一万多元积蓄，用极具仪式感的方式，请来36名老石匠，在家乡巴中市

在花萼山入党誓词石雕前的周永开夫妇

化成镇梁大湾村的山崖上，庄严地錾刻了"中国共产党万岁"七个大字。这七个字每个字高9米，宽7.1米，寓意党的90华诞及其生日。七个大字，气势磅礴，即使隔山相望，仍清晰可见，令人震撼不已。

在刻下"中国共产党万岁"七个大字不久，他又请人在另一道山崖的石壁上刻下了"人民万岁"四个大字，以表达自己来自人民、始终不忘人民、赤诚为人民的拳拳赤子之心。

2019年，在中国共产党成立98周年之时，年已91岁的他，将自己节俭下来的10万元退休金，郑重地向党组织交上了一笔不菲的党费……

周永开想到这些，感到自己对党做得还不够，又对大家说：

"只要我活着一天，就要为党和人民工作一天，到死的时候也都要符合党的标准和要求。我已经立下遗嘱，过世以后，既不要坟也不要碑，就在花萼山给我种一棵树，我生前爱树，死了就让树来陪我，我在树下作底肥……"

周永开说完，屋子里静得连掉根针在地上也能听见，片刻之后，人们从震惊中回过了神来。霎时，掌声在屋子里热烈地响了起来。此时，人们觉得任何言语，都不足以表达心中对这位九旬老共产党人的敬意和热爱。

达州诗人龙克先生得知这一消息后，夜不能寐，欣然命笔，写出了一首饱含深情的《愿为树根作底肥——写给周永开老人》的长诗，我仅以其中一段诗句，来为这本小书作结：

> 您是大山的巍峨，有大山的刚强
>
> 您是花萼的挺拔，有花萼的倔强
>
> 守着青山绿水、鸟语花香
>
> 守着铮铮誓言、理想信仰
>
> 您是花萼的守护神哦
>
> 您是红色的传人、时代的榜样
>
> …………
>
> 您是山，把山的伟岸镌刻在这里
>
> 您是水，把水的激情铺展在这里
>
> 您是绿草，装点风景这边独好
>
> 您是鲜花，点缀巴山如此多娇
>
> 花萼山上的云，云卷云舒
>
> 写不完您的故事，您的衷肠

您在大巴山里的传奇和荣光

您说——您说——

您说，百年后，在身上栽一棵树

愿为树根作底肥，愿每一棵树都成栋梁

这是何等的誓言，何等的铿锵

大山无语，独立苍茫

川陕苏区又多了一篇辉煌的乐章

图书在版编目（CIP）数据

清风永开 / 贺享雍著.—成都：天地出版社，2021.10
（2023.11重印）
ISBN 978-7-5455-6571-3

Ⅰ.①清… Ⅱ.①贺… Ⅲ.①报告文学 – 中国 – 当
代 Ⅳ.①I25

中国版本图书馆CIP数据核字（2021）第187765号

QINGFENG YONG KAI
清风永开

总 策 划	罗　勇	
出 品 人	杨　政	
作　　者	贺享雍	
组稿统筹	漆秋香	
责任编辑	杨　丹	
封面供图	陈欣然	
内文供图	李仕德　等	
封面设计	挺有文化	
电脑制作	跨　克	
责任印制	白　雪	

出版发行　天地出版社
　　　　　（成都市锦江区三色路238号　邮政编码：610023）
　　　　　（北京市方庄芳群园3区3号　邮政编码：100078）
网　　址　http://www.tiandiph.com
电子邮箱　tianditg@163.com
经　　销　新华文轩出版传媒股份有限公司

印　　刷　河北尚唐印刷包装有限公司
版　　次　2021年10月第1版
印　　次　2023年11月第2次印刷
开　　本　700mm×1000mm　1/16
印　　张　15.75
字　　数　188千字
定　　价　52.00元
书　　号　ISBN 978-7-5455-6571-3

咨询电话：（028）86361282（总编室）
购书热线：（010）67693207（营销中心）

如有印装错误，请与本社联系调换